桑榆微霞

李福钟 著

中华工商联合出版社

图书在版编目（CIP）数据

桑榆微霞 / 李福钟著 . -- 北京：中华工商联合出版社，2021.6
ISBN 978-7-5158-3021-6

Ⅰ.①桑… Ⅱ.①李… Ⅲ.①散文集－中国－当代
Ⅳ.① I267

中国版本图书馆 CIP 数据核字 (2021) 第 086231 号

桑榆微霞

作　　者：	李福钟
出 品 人：	李　梁
责任编辑：	于建廷　效慧辉
装帧设计：	映象视觉
责任审读：	傅德华
责任印制：	迈致红
出版发行：	中华工商联合出版社有限责任公司
印　　刷：	北京兰星球彩色印刷有限公司
版　　次：	2021 年 6 月第 1 版
印　　次：	2021 年 6 月第 1 次印刷
开　　本：	880mm×1230 mm　1/32
字　　数：	220 千字
印　　张：	8.25
书　　号：	ISBN 978-7-5158-3021-6
定　　价：	68.00 元

服务热线：010-58301130-0（前台）
销售热线：010-58301132（发行部）
　　　　　010-58302977（网络部）
　　　　　010-58302837（馆配部、新媒体部）
　　　　　010-58302813（团购部）
地址邮编：北京市西城区西环广场 A 座
　　　　　19-20 层，100044
http://www.chgslcbs.cn
投稿热线：010-58302907（总编室）
投稿邮箱：1621239583@qq.com

工商联版图书
版权所有 侵权必究

凡本社图书出现印装质量问题，
请与印务部联系。
联系电话：010-58302915

前　言

唐代大诗人刘禹锡的诗:

"莫道桑榆晚，微霞尚满天。"

不要看桑榆已经是晚年了，它闪出的霞光仍然布满了蓝天，使天空呈现出一片美丽景象。这首诗引起了许多人，特别是老年人的无限遐思，给了人们许多启示。

我国现有 60 岁以上老人达 2.5 亿，约占全国总人口的 20%，是一个很大的社会群体。老年人曾经在国家的各个岗位上做出了许多贡献，党中央十分尊重和关爱老年人，提出了优待老人的多种政策措施，使老年人得以老有所养，安度晚年。老年人对此心存感激。

老年人大多已经从岗位上退了下来，他们的身心和身体状况都会有很大的改变，他们所处的家庭和社会环境也不尽相同，但是他们却有一个共同的特点，就是退下来了，不工作了，有了一个可以自由支配的时间。怎样度过这悠悠的岁月呢？这是一些老年人最为关心的议题。

笔者在一些书店里浏览，发现适合儿童和青少年看的书不少，而适合老年人看的书似乎不多，不禁引起了我的关注。向老年人提供一些他们爱看的书，成了我的一个心愿。

我也是一个老年人，老年人写老年人似乎最合适，这几乎成了我的一种责任。

于是我就社会上有关老年人的话题，陆续积累了一些资料，试着写了一些东西。我主要从这些方面着手写作：一是反映老年人的某些特征，他们的心态情结和生活动态；二是向老年人提供一些带有趣味性的寓言故事；三是在现实生活中提出一些耐人寻味和可供思考的问题，以活跃老年人的思维；四是从老年人的实践活动中引起一点启发和借鉴，帮助老年人提高认识。凡此等等，都是宣传正能量，有益于促进老年人的身心健康。我以散文的形式写出来，每篇文章都不长，可以连续看，也可以分篇看，看一篇是一篇，不用花费太多的时间。

几年来我陆续写出了一些片段，竟也写出了一百多篇。怎么办？我自问才疏学浅，我写的东西不一定能尽如人意，人家爱看。废弃了吧，似也有点可惜。但家人认为，既写之，则出之，与人共享。这使我下了决心，试着与出版社进行联系。出版社审查后慨予出版，也算是了却了我的一个心愿，快何如之。本书取名为《桑榆微霞》，以表达我对前人的敬爱之情。全书共分五个篇章：一、情义；二、生活；三、寓意；四、探索；五、启迪，共 139 篇。当然，也不一定限于老年人，年轻人也能看。

本书内容有不当之处，敬请指正。

作者

2020.12

目录

一　情　义

二 生 活

三 寓 意

四 探 索

五 启 迪

后 记

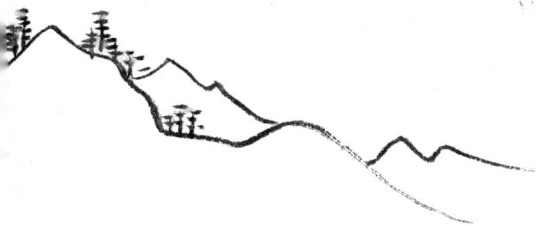

一　情义

寿比南山

小康的爷爷今年 90 岁了，今天是他的生日，全家人都兴致勃勃地为爷爷做寿。

小康的叔叔是一位书法家，今天他带来的礼物是一幅行书，上面写着"寿比南山"四个字。

小康问叔叔："什么叫'寿比南山'呀？"

叔叔说："寿比南山就是比方你爷爷的寿比南山还要高，长命百岁的意思。"

"南山在哪儿，有多高？"小康问。

叔叔也是有备而来的。立即回答说："南山就是终南山，在西安市的南面，是著名的秦岭山峰之一，主峰高达 2000 米，传说'八仙'中的汉钟离、吕洞宾等仙人曾在这座山上修道，都活得很长。"

小康爸爸说："寿比南山的意思就是祝贺老人健康长寿，是对老人的一种尊敬和热爱。你爷爷是一位科学家，他对古生物有很深的研究，对社会是有贡献的，大家都很爱戴他，所以今天有这么多人来祝贺他呀！"

当天，参加宴会的人都非常快乐，老人自然也非常快乐。

晚上，曲终人散，客人们都已经走了，小康开始晚自习，拿起一本地理书，正是讲的终南山和寿比南山的故事，和上午叔叔讲的一样。

小康爸爸则坐在小康旁边辅导。

小康说："爸爸，人们向老人祝寿，说老人的寿命跟南山一样长久，但人总是要死的，总不能永远不死，是吗？"

小康爸爸说："是的，这是对老人一种精神上的安慰。人一辈子活着干什么呢？总要做点事吧，总不能白过一辈子。"

小康说："人怎么能白过一辈子，每个人都是要做事的。"

爸爸说："那不一定，人和人不一样，不是有人评价一个人说，这个人有他一个不嫌多，没有他一个不嫌少吗？意思就是说这个人有他没有他都一样，无所谓，无足轻重；而另一些人如果死了，人们会说：这个人死了很可惜，是国家的一个损失。对两种人的评价有很大的差别呀！"

小康说："这是不是要求每个人都要做出很大的事业，很大的贡献才行呀？"

小康爸爸怕小康误解了自己说的意思，连忙说："不是的，不是的，每个人的智力、学历、经历、环境等等都不同，所以工作不同，贡献也就不同，不能强求每个人的贡献都一样，都做出伟大的贡献，这是不可能的，也是不现实的。我们要求的是每一个人都要尽职尽责，为人民做事，不管他的事业和贡献有多大，或多小，都是有价值、有意义的。"

小康"嗯"了一声。

爸爸又补充了一句："在这个世界上，每一个人都是要死的，即使再伟大的人也是要死的，世界上少了谁不行呀？谁死了，地球也照样转。人不要把自己看得太重，好像没有我不行，也不要看得太轻，对自己抱着无所谓的态度，而是要珍惜自己，对得起自己，做一些对人类有益的事情，不要只是在这个世界上白白走一回而已。"

夫妻

男孩女孩长大了
就要结婚
成为夫妻
建立家庭
两口子最重要的是什么
一是爱慕
二是相助

夫妻爱慕
罗曼蒂克
从青到老
永爱不移

你帮助我
我帮助你
你心中有我
我心中有你
互相依靠
相持到老

你努力工作

又要照看孩子

照顾老人

照管我的生活

看起来多么平凡

但没有你却不行

如今你已离我而去

你消失十四年了

你已经无影无踪

看不见，喊不应，摸不着

这世界上已经没有你了

你的身体虽然已经消失

但你的形象永远镶嵌在我的脑海里

你没有消失

永远没有消失

不会消失

老伴

少年夫妻老来伴
少年夫妻恩爱可能不觉得什么
一到老了
夫妻两人互相照顾
成为紧密的伴侣
必不可少

老年夫妻不是因为老了，疏远了
反而是更加恩爱了
老年人最怕孤独
有的老人失去了老伴
子女又不在身边
变得无依无靠
心神恍惚
身体情况大大下降

亲爱的老年人
千万不要嫌你的老伴多嘴，说话唠叨
没有他（她）的唠叨，就没有人关心你了

唠叨话都是肺腑之言，金玉之声

一旦老伴走了

你会觉得

怎么没有人唠叨了呢?

心灵

天下的父母没有不爱子女的。

父母对子女的爱发自内心深处，是一种心灵深处的爱，一种天然的爱，一种自然的爱，是难以用任何言辞来表达的。

父母对子女的爱，并不一定表现在对某一重大事件上，比如孩子病了，父母为孩子捐肾啦、捐肺啦、捐胃啦、输血啦等等，而是体现在许许多多的细微情节上。

孩子一出生，母亲就要给他喂奶，孩子小，爸爸妈妈要帮他拉屎撒尿，帮他穿衣、吃饭，引导他走路说话，帮他识字、唱歌，等等。孩子会叫爸爸妈妈了，爸爸妈妈高兴得跳起来；孩子会认字、唱歌、跳舞了，爸爸妈妈会说这孩子真聪明；孩子撒娇、淘气，损坏了东西，爸爸妈妈总是原谅，说孩子小不懂事；爸爸妈妈已经忙碌一天了，很累了，孩子要爸爸妈妈抱，爸爸妈妈再累也还是要抱；孩子有病了，爸爸妈妈急忙带他去看病，比自己有病还着急。总之，孩子所有的一切，都镶嵌在爸爸妈妈的心坎中。爸爸妈妈对孩子的这种爱是无可比拟的，是无与伦比的。

但是所有的这些，孩子还小，还真不懂，好像一切都是很普通，很平常，没有什么了不起。他哪里知道父母对自己所付出的辛勤劳动和淌下的汗水？好像自己一天就长得那么大。

随着岁月的蹉跎，爸爸妈妈老了，孩子长大了，大多数孩子还是十分爱护爸爸妈妈的，这也是一种天性，一种本能，这使爸爸妈妈在年迈时得到一点慰藉。

但爸爸妈妈在带孩子从小到大的过程中也不一定做得都对，都完善，也可能有不少照顾不到，照顾不周的地方，尤其是在多子女的家庭中，很可能存在这样那样的问题。做孩子的有几个人可能理解老父母的困难呢？有的子女，恐怕个别人吧，不仅对父母不尊敬，不热爱，还可能产生怨恨，甚至走上法庭，控告父母。说爸爸分遗产不公，我分得少了，妈妈不喜欢我，喜欢我弟弟……法院的判决如我所愿，我心满意足了啊！我完全忘记了我是怎么长大的，老人的心碎了。

孝子

小宝贝
就是自家的儿子、女儿、孙子、孙女
过去说是孝子
是指儿子孝顺父母、爷爷、奶奶
现在倒过来了
是父母、爷爷、奶奶"孝顺"儿子、孙子
时代不同了
孝子的名谓也不同啦

每天早晨七八点钟
我外出散步
总看到一些家长带着孩子上学
大多是上小学吧
很少看到孩子自己背书包的
大多是家长代劳
爸爸或者妈妈
一手拎着自己的书包
一手拎着孩子的书包
一只手拎不下

就背在肩膀上
或者挎在胸前

有的是爷爷或者奶奶代劳
白发苍苍的老人
走路都摇摇晃晃
手里还提着个书包
孙子空着手在前边一跳一蹦地走
爷爷在后面使劲地追
爷爷喘着气说
慢一点，慢一点
孙子快乐地说
你走快一点快一点呀
他哪里知道老爷子走不动啦

在家里
也是孩子的天地
孩子想吃什么就买什么
营养要紧呀
孩子想到哪里玩就带他到哪里玩
休养生息呀
孩子有一点不舒服
是生病了吧
赶紧张罗去医院

正应了孔子的一句话
父母唯其疾之忧

孩子在外面出了什么事
总是人家孩子的错
自家的孩子对
本来是孩子间游戏淘气
变成了家长之间的争吵
还责怪学校管理不严
老师教育不力
总怕自己的孩子吃亏

其实
送孩子上学
让孩子自己背背书包
孩子也不见得背不动
也不见得会把孩子压垮了
只是做家长的舍不得
一切都是为了孩子
可怜天下父母心
但是
孩子还小
不一定懂得

孔子说
爱之，能勿劳乎

穷人家的孩子早当家
富人家的孩子也不要娇惯呀
让孝子回复到原来的含义

萦回

在一个单位工作久了，结识了很多的朋友、领导、同志们，多年在一起，每天都见面，他们的言谈笑貌，长久地显现在我的面前。时光易逝，现在这些同志已经走了，当然我自己也走了，而有不少同志已经离世，每想到他们，都有一种依依之感。我寻思着用几个字来描摹他们，这是一种形象化的描摹，虽然不见得很准确，很全面，但也大致可以看出这个人是什么样的，我试着写，以此作为我对这些老同志怀念的一种方式吧！

杨培新。聪颖干练，指挥若定。（记者、作家，中华人民共和国成立初期创办的一本著名杂志的首任主编）

冒舒湮。学识渊博，雍容大方。（明末才子冒辟疆的后代，家学渊源，多才多艺，担任编辑室领导游刃有余）

谭秉文。勤奋通达，品学兼优。（老革命家谭平山的小儿子，勤读好学，刻苦钻研，事业有成）

邵平。忠心耿耿，坚定不移。（忠于职守，牢记使命，高度负责）

朱川。胸怀宽广，谦谦君子。（中学时代就参加革命，好读诗书，手不释卷）

冯春林。心无旁骛，一以贯之。（一心扑在工作上，数十年如一日）

张天祥。和蔼可新，见解独到。（深思熟虑，平易近人）

王磊。敦厚朴实，勇挑重担。（事无巨细，从不推脱，热心助人）

王韵嘉。工作严谨，正直善良。（上海圣约翰大学毕业生，英语流利，担任编辑工作，细致严密，麻烦自己，方便别人）

夏清芬。勤奋敬业，恳切谨慎。（诚挚，慈祥，热情，坦率）

方磊。温良恭俭，善与人交。（心胸旷达，坦诚相见）

陈季东。寡言少语，深沉睿智。（心明眼亮，藏而不露，成竹在胸，敏于任事）

…………

不要忘记这些同志，他（她）们都是曾经帮助过我的。他们不管是否身居领导岗位，都同样兢兢业业，坚守职责，是党的方针政策的坚定执行者和踏实捍卫者，现在他们都已经走了，他们的名字也随之消失，可能以后再也没有人提到他们了，但是他们确实曾经在这个世界上存在过，做出过贡献，留名并不重要，他们的一生是值得的。

转折

    我的童年和少年时代是在旧社会度过的。小时候，我家住在上海法租界马当路的一条弄堂里。父亲是一个中学教员，教高中国文，租了一二房东二层楼的一间房，或者说是两间，一间稍大一点，至多也不过20平方米，另一间是一个过街楼的小屋，放了一张床、一个书桌和一把椅子外，只留下一条狭窄的走道。还有一个厕所，不怕你笑话，这个厕所有一个抽水马桶，旁边放了一个煤球炉，就是做饭炒菜的地方。有人或许会问，炒出来的菜香吗？这不是开玩笑，而是千真万确。

    离我们家不远，有一个公园，人们都称之为"法国公园"，没有中国名称。租界上——法租界、英租界的马路，大多以外国人的名字命名。就拿我住的马当路来说，据说马当就是一个人名，大概是一位法国的什么著名人物，我至今也不知道这个马当是干什么的，只是听说法国有这个人。

    我上的中学离家大概有10多里路，我每天上学放学都是走的，很少坐电车。这所中学的校址原来是一个法国人的私人座宅。有一天我们正在上课，教室门是虚掩着的，突然外面有个人把门一脚踢开了，进来一个大高个儿的洋人，环顾四周，一声不响，就大模大样地走了。这种情景任何中国人看了都会义愤填膺，但有什么办法，谁叫你把自己的土地租给外国人啦，反客为主啦！还能有什么平等可言。

抗日战争时期，日本人占领了上海，在铁蹄下的日子更不好过。家庭收入微薄，日子很艰难，一些人去跑单帮，赚一点小利。一次母亲到苏州去买了一点东西带到上海来想多卖几个钱，一进门，我见到她又瘦又黑的面庞，手里提着一个很重的包，几乎认不出她了，我一阵心酸，眼眶润湿了。抗日战争胜利后的国民党统治时期，物价上涨，民不聊生，父亲年迈没有了工作，家境更困难了。一个堂堂的清末举人，苏州沧浪亭学校、南京高等学堂出身的高级知识分子，竟然在我家门口的马路边上摆了一个小人书摊，经营着每本小人书收取几分钱租金的营生，我母亲则替对面小学的老师洗衣服。家里真是揭不开锅啦，我有时候代父亲到亲戚家去借钱，虽然也借到了，但是人家的脸色不好看呀！有时候，母亲拿点东西叫我到典当里去质押，柜台高高的，我踮起脚，把东西送进窗口，典当的伙计看也不看我一眼，给我几个钱就打发我走了。

我们家的房租已经好几年没有付了，这个二房东开了一家颜料铺，他倒还算好，每次照例来收租，但并没有逼，他知道逼也没有用，因为我家确实拿不出钱来，以致最后我们家竟然把那个小小的过街楼小屋也出租给了从农村里来的两个老年夫妇，收一点租，贴补一点家用，这哪里是过日子，是熬日子呀！但是即使这样，我还是决心上大学，现在想来我还真有点对不起我爸妈，我一点也没有体谅到两位老人的辛苦呀！

我在上大学时就决心离开上海，上海不能再待下去了，待不下去了。当我毕业统一分配，老师宣布我到北京时，我欣喜若狂，那真的是脱离了苦海。离开上海，到北京工作，这是我一生的转折点。我在北京工作的第二年就把父母接到了北京，了却一桩心愿。随后我结了婚，生了孩子，我们一家过着和平安宁的生活。

我在工作岗位上得到党组织和领导的充分信任，放手工作，有了进步，就给我表扬、鼓励，有了缺点错误就耐心地帮助我改进、纠正，我受到了良好的新社会的教育。马列主义和政治经济学等图书，极大地开阔了我的眼界，提高了对共产主义和新社会的认识。我入了党，更好地为人民服务。

新旧社会两重天，好了疮疤不能忘了痛。饮水要思源，人活着不能忘本。这就是我一个耄耋老人现时的心情。

感恩

一个人得到了别人的帮助，哪怕非常之小，但在当时非常管用，没有这一小点帮助，我可能已经没有命了。

帮助别人的可能觉得没有什么，这是应当做的，而受到帮助的人则非常感激，总想报恩。诚如佛经上说的滴水之恩当涌泉相报。

报载一位神枪手邱宇失明后花了18年时间去寻找他的救命恩人。

邱宇曾经是部队的狙击手，复员后成为一名邮政工人，成天奔走在川藏公路上，押运邮件，保护机要文件的安全，有一次他开车在公路上遭到歹徒袭击，双目失明。但他为了保护机要文件，不顾自己的生命安全，一直守护在驾驶室，最后被三位道班工救了出来，以后却再也没有见到这三位道班工人，这成了邱宇的一块心病，总想设法找到那三位道班工人。经过18年的时间，终于通过中央电视台大型公益栏目《等着我》找到了救他命的道班工人，虽然只是说了一声"谢谢"，却还了他18年的一个心愿。这篇报道令人心潮澎湃，感动万分。

社会上这类事件其实很多，例如跳河抢救落水儿童，儿童被救上来了，而自己却被洪水淹没了。

凡此等等，不胜枚举。

舍己救人，这是人类的一种天性。孟子说：恻隐之心，人皆有之。不是为了得到别人的感激才去救人，而是出于一种本能。被救的人，不论救助是大是小，在当时是起了很大作用的，因而感恩也很正常。

国殇

国殇，就是指为国牺牲的将士。

《国殇》原出于屈原《楚辞·九歌》中的一篇，是一首祭祀为国牺牲的英雄的诗歌，因为是由国家主祭，所以称为"国殇"。诗中说：

出不入兮往不反（返）
平原忽（渺茫）兮路超远（遥远）
带长剑兮挟秦弓（好弓）
首身离兮心不惩（不变）

北京天安门广场前矗立着一块"人民英雄纪念碑"，就是一块国殇纪念碑。碑座四周镶嵌着的中国近百年来革命历史的巨大浮雕昭示着中国人民在近百年的历次战争中英勇不屈、前赴后继、牺牲奋斗的英雄形象，看了令人肃然起敬。没有这些英雄为国牺牲，就不会有中国的今天。

中国能在当今世界上扬眉吐气，国殇给了我们鲜明的昭示。

战友

曾经在一个战壕里打过仗，后来有的人牺牲了，而有的人还活着，这些活着的人一定会常常思念他们的战友，战友情义比任何情义都宝贵。

第二次世界大战中，美英联军在法国西北部诺曼底地区登陆，这是一次带有决定性的反攻。

两位英国战友在登陆战斗打响前互相约定，这次战斗个人生命难以保证，如果有一个死了，而另一个还活着，活着的人要常常到这里来吊唁死者。结果真的一位牺牲了，而另一位还活着。战争结束后那位活着的战士就为牺牲的战友建立了陵墓，自己守在陵墓旁边，一直到老，终生未娶。

无独有偶，近期我国报纸登载了解放军某部战士熊明书为死难战士守墓的故事。在一次战斗中有8位战士牺牲了，而熊明书则幸免。因为这几位战士都是外省人，很难联系上死者的家属，熊明书就把自己的家搬到了8位牺牲战士的陵墓附近，每年都要带着孩子去扫墓，半个多世纪从来没有间断过。如今熊明书已经91岁，行动不便了，他把这个"任务"交给了他的子女，子女也答应守护着这8位从未谋面的父亲战友的墓。

不要小看了这仅仅是为几个战友守墓而已，有几个人能长期坚持做到这样？这是生死与共的战友情结，其价值无与伦比。

信守

　　我国著名经济学家陈岱孙和他的一位学物理的同学，当年留学美国，同时爱上了一位女生，两人相约谁先追到那位女生，就跟她结婚，没有追到的就终身不娶。结果那位学物理的同学先追到，就和那位女生结婚了；而陈岱孙落后一步，终身未娶。

　　两位先生回国后，在经济学和物理学方面都取得了卓越成就，两位的交谊一直很好，都活到了90多岁。

　　凭陈岱孙这样的聪颖睿智，要找一位聪明美丽的女生结婚并不难，但是他一言为定，信守承诺。他的学问也许是可以学到的，但他的信守承诺则很难学到。

交心

生活中不能没有朋友
交朋友什么最重要
交心最重要
什么最困难
交心最困难

你好
我好
大家都好
互不干扰
这是一种朋友
这当然好

我有困难
你帮助我
你有困难
我帮助你
为了共同的事业
互相切磋

共同提高
这就更好

你指出我的缺点
我指出你的缺点
我直言相告
你也直言相告
我不责怪你
你也不怕我生气
这是挚友
这是好上加好

交朋友最重要的就是交心
心就是灵魂深处
我把心里的想法都说出来
你也把心里的想法都说出来
我不保留
你也不保留
我不防范你
你也不防范我
坦诚相对
心口如一
没有顾虑
这就是交心

成为知心朋友
然而这却非常的难

消除顾虑
敞开心扉
说大实话
真心相交
做知心朋友
不是做不到
真心就能做到

叶落归根

叶落归根，比喻事物总要有一个归宿。

人也一样。

许多华侨在国家贫困时候，走出国门，到国外去开拓创业，吃尽了千辛万苦，现在发家了，虽然在外国生活得很好，但是他们心里总是装满了祖国，时时刻刻不忘祖国，许多华侨每年都要回到祖国家乡，看看自己的老房子，探访一下亲友，畅叙离情，故乡风土人情难以割舍。有的老华侨还要求子女将自己身后的骨灰送回祖国安葬。有的已经入了外国籍的华人，晚年仍旧归国定居，终究中国是他们的家乡，叶落需要归根呀！

但是也有另外一种情况，他们反其道而行之，身在福中不知福，生在中国却不认同自己是中国人，他们对中国的历史一无所知，被外国的一些宣传迷惑了心窍。只能说是太愚蠢了，你的一厢情愿注定要失败。

丧失人格、国格，兹事体大呀！

沧桑

北京电视台近期有一档小节目叫作"牛爷串胡同"，主要是一位号称牛爷的老人讲解北京著名的一些胡同和公园近些年来的发展变化，引人入胜。还有一些报刊也不时地记载北京的一些名胜古迹，许多名人曾经居住或者活动过的地方，很令人神往。忽然使我想起了我到北京后曾经居住过的几个地方，过去也是很有名的，当时我全然不知，但看了一些有关的报刊材料和电视，使我知道了不少，竟然匪夷所思地也想写一下，也算是一种情思，定然能引起人们对周围环境的不少遐想。

我1951年从上海的大学毕业后分配到北京工作，最早住在宣门外西砖胡同的一个集体宿舍里。西砖胡同离校场口很近，那是清朝政府枪决犯人的地方，革命先烈李大钊和谭嗣同等六君子就是在那里就义的，我每天上班都要走过那个地方，但对那个地方的来历却一无所知。现在这个地方已经高楼林立，商场很多，真是很难想象当时那个刑场是什么样子的，刽子手们杀人的恐怖是什么样子的。一想到那些刽子手杀人不眨眼的情景，令人毛骨悚然。

在西砖胡同待的时间不长，大概也有两三年吧，我们就搬到宣武门外小六条的康乐里去住，那是解放以后单位新建的家属宿舍，一式二层的筒子楼，共20幢（不是现在经过改造的康乐里）。康乐里宿舍门前储库营胡同的尽头有一座很大的平房，住着好几十户人家，破破烂烂。等我搬离这个地方后才知道，这是一个特别有名的地方，当年康有为、梁启超等经常在这里活动，著名的"公车上书"就是他们和众多的举人在这里一起研议的。这是一段重要的历史，不懂得这个，就不会知道这个地方的价值。

在康乐里住的时间不短，有20来年吧，海淀区双榆树建立了几幢十几层的大楼，其中有一幢由总行收购，作为宿舍，我家就搬到那里去住了。为什么叫双榆树呢？也有一段文学佳话，双榆树本来的名称叫"双榆墅"，清初著名文人纳兰性德的郊区别墅。他晚年时期就是在这里读书会友、谈论诗文。但是繁华易逝，时代变易，他的子孙虽然也有治学的，但再到下一代日子就过得很艰难了，据说有一位家族少年竟然当了人力车夫。现在双榆树已经大大变了样，新建的高楼大厦林立。据查考纳兰性德原住地就是现在人民大学的地方，他的家属陵墓可能就在人民大学校院内；后来建成的友谊宾馆、中关村科学城等，把双榆树构成了一个整体。

再说我现在住的为公桥北京外国语大学校园，原来这里是一片荒郊野外，我住在双榆树的时候，还曾经骑了自行车沿着西北三环路绕了一圈，那时正在修路呢！我住在校园里，环境幽雅，人群文明，非常舒适。离学校不远处有一个叫万寿寺的地方，也有一点名气，据说慈禧太后每年从紫禁城到颐和园去消夏，必然要经过这里，就在这个寺庙里歇宿，现在这个寺庙还在，还经过了装修，整新如旧。

转眼多年过去了，人世沧桑。回忆我在西砖胡同的日子，真是一言难尽。当下，我们国家已经繁荣昌盛，以强国的姿态屹立于世界的东方，真是今非昔比呀。

大我精神

2020年春节前夕，新冠肺炎疫情突袭武汉，成为卫生系统的一件大事情。

这种疫病的特点是：（1）发烧、咽痛、胸闷、病毒核酸检测呈阳性；（2）人传人，有潜伏期，但传播很快；（3）危害性大，甚至危及人的生命；（4）不知道这种病毒的根源，预防难度大；（5）迄今还没有研制出一种有针对性的特效药。

这种病后来被世界卫生组织定名为COVID-19，中国名称叫新冠肺炎。

疫情一开始出现，党中央高度重视，多次召开会议，听取专家们的意见、建议，强调要把这次防控疫情当作一次战役来打，全国人民动员起来，打一次总体战、阻击战。

一声令下，全国各地政府和有关部门立即行动起来防治疫情。湖北省首当其冲，全国各地统一行动，响应党中央的号召，采取各种防控措施。如对居民进行严格的检测、隔离，要求大家都戴口罩，勤洗手，少外出，少集聚，学校、商店暂时停课、停业，武汉最早实行了封城。床位不够，武汉在很短的时间内建起了方舱医院，改善治疗条件，做到了对确诊或疑似病人应收尽收，应治尽治。

全国各省、市、自治区很快派出了精干的医疗队，众多的医疗人员克服各种困难，小我服从大我，奔赴救治第一线。共产党员带头，医院领导带队，专家们亲自诊断，众多的医务人员义无反顾地投入战场，与疫情作坚决的斗争。

这些白衣天使，嘴上带着厚厚的口罩，身上穿着沉重的防护服，中西医结合，与患者近距离接触，冒着生命危险，全力以赴抢救病人，并且给病人以精神上的抚慰和帮助，有效地救治了许许多多的病人，其中有一些是重病患者，有的是只有几个月、几岁的婴儿、小孩，有的则是90多岁甚至百岁以上的垂危老人，还有一些待产的孕妇，帮助她们完成分娩，脱离险境。在这期间，由于与病人近距离接触，有一些医务工作者也感染上了疾病，有的由于疲劳过度，竟然牺牲在现实的战场上。时穷节乃见，在最困难的时候方显英雄本色，这些人受到人们的无比敬重。有的同志在现实中经受了考验，火线入党。还有许许多多的志愿者各行各业各类人员从各个岗位上自觉地投入紧迫的救援中。许多人捐钱、捐物、捐血。全体湖北人民和医疗人员更是全身心地投入保卫自己家乡的战斗，与各路支援人员互相帮助，共同奋战，作出了重要的贡献。甚至有些外国人也做志愿者。这些可歌可泣的事迹，说不完，写不尽，他们和她们的名字将永远铭刻在人们的心坎上，留在历史的记载中，为伟大的中华民族增添了光辉的一页。

经过"浴血"奋战，疫情得到了有效控制，许多地方持续多日没有再增加新的病例，湖北也实现了病例零增长。在这种情况下，各地陆续取消了出行限制，恢复了交通运输，复工复产，学校开展有线讲课，等等。一些白衣天使和军队医务人员逐步撤离，回到各自原来的岗位上去。这些英雄与湖北人民建立了深厚的友谊。不要说什么你是武汉人、湖北人，我是山东人、四川人，我们都是中国人，都是炎黄子孙，不分彼此。

特殊时期采取了一些特殊措施，给人们的日常生活带来一些不便，但各地还是采取了一些临时措施，尽量提供居民日常生活的必需用品，特别是食品。毕竟保持人民的生命安全要比暂时的"不自由"重要得多。

我国在疫情一开始的时候就及时向世卫组织等国际组织作了通报，并及时汇报了我们的救治措施和获得的成效，受到世卫组织等国际组织的高度赞扬，也得到世界各国领导和专业人士的赞赏。世卫组织的领导还亲自到武汉去考察，认可中国采取的措施。我国各级政府对疫情毫无保留，有关部门和地方每天都公布疫情，使疫情做到家喻户晓。媒体也深入实际，做了大量的实地报道。

随着国内疫情有所好转，而国外疫情大流行，我们把防控重点逐步转到无症状感染者和境外输入方面，力求取得防疫抗疫的全面胜利。同时大力支援外国防控疫病。

在抗疫获得重大成果，取得阶段性胜利的时候，党中央及时召开了总结大会，表彰了先进人和先进事，各地也相继举行了表彰会。

"海内存知己，天涯若比邻。"一方有难，各方支援，我们向各国输送了大量医疗设备、防疫用品，派出医务人员，支援各国防控疫情，尽到了我们作为世界大家庭一个重要成员的责任。我们强调在严重疫情下，全世界人民要团结一致，一心一意地投入到防治疫情中去，绝不利用疫情来打政治仗。就这次抗疫而论，我国确诊患者的治疗费用，全部由国家承担。全国共调集 4.26 万名医护人员驰援湖北。这是一种什么精神？是一种大我精神，全心全意为人民服务的精神，是我们国家最宝贵的财富。

团结起来，我们的力量是无穷的，世界的力量是无穷的，世界才有光明的前途。

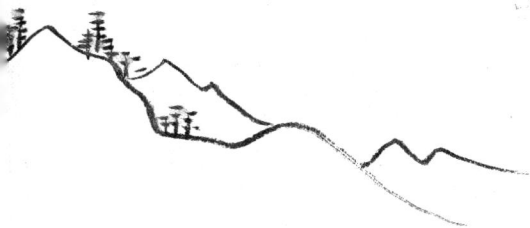

二　生　活

台上台下

华局长已届退休年龄，上级党委免了他的职，任命了一位新局长，而且新局长也已上任了。局里已经发出通知，大家也都已知道这件事。

过了两天，局里召开全局大会，邀请华前局长参加。那天开会前5分钟，华前局长漫步进入会场，习惯性地走上主席台，去找自己的座位，但找了半天都没有找到有他名字的位子。正好此时，一位女服务员过来说：华局长，你的座位在下面第一排。

华前局长一听就变了脸色，怎么，叫我到下面去坐？刚退下来，就把我的座位也给换了。他想是这么想，但脚步却不得不跟着服务员走了下去，在第一排就座。心里觉得很不是滋味。两个小时过去了，今天究竟开的什么会，华前局长似乎一句也没有听进去，他想的只是自己怎么从台上坐到了台下。会议结束后，大家鱼贯退出，谁也没有跟谁打招呼，也没有前来跟华前局长道别。

华前局长回家后一脸的不高兴，妻子问了原因，明白了，原来丈夫还把自己当局长呢！她跟丈夫说：你现在已经不是局长了，理应不坐在台上。

华前局长不以为然，悻悻地说：谁规定的？我干了这么多年革命，现在连个座位都没有了！

儿子听了这话觉得很不对劲，就冲着爸爸说：不是没有你的座位，只是把你的座位改变了一下而已。你当局长就是为了一个座位吗？

爸爸说：你懂什么？我参加革命，你还不知在哪里呢！儿子的话显然让他更生气了。

过了几天，局里又开全体大会，照例请华前局长参加。华前局长照例坐在下面第一排，他虽然面露不快，但也不好发作，乖乖地坐在那儿，一动也不动，一句话也没有说。

回家后，妻子接上去说：今天坐在下面，心情平静了些吧？华前局长一板脸说：平静什么？退休后谁来理你呀？

华前局长还想起了从前坐在主席台上，总有人上来跟你倒茶、递毛巾什么的，而现在一切都没有了。只看到了主席台上几个年轻人的新面孔。

妻子说：今天有谁坐在台上了？华前局长说：小博、小史，还有小义。妻子说：旧的不去，新的不来，这就叫作新陈代谢，如果你一辈子当局长，一辈子坐在主席台上，那年轻人如何接班？退下来人人都不下台，都坐在主席台上，这个主席台坐得下吗？

正好这时，儿子走进来了，说：我今天坐主席台了，以前的主任退休坐在了下面。

儿子说这话似乎是有意地气他，但他一想到了儿子的情况，心情却自然而然地平静了下来，不再那么激动了。

又过了不久，华前局长听说明天局里要开全体会，怎么没有人来通知他呀！过了开会的时间，局里一点动静也没有，后来听说这个会跟以前的事没有什么关系,就不请老同志参加了,让老同志好好在家休息吧!

以后接连几次会,都没有请前任领导参加。至此,华前局长不像以前那样想坐在台上还是坐台下的问题,而是想能不能再参加局里会议,坐哪儿都行。可是随着时间的推移,局里的人事变动也非常频繁,华前局长再也不会去参加局里的什么会了。只是在逢年过节的时候,有领导来华前局长家慰问而已。

华前局长这才算彻底明白过来,让他认识最深的一点是,在这个社会上,要用平和的心态看待退休生活。

瞒岁

职工一般都在 60 岁退休。王先生今年 60 岁了，已经到了退休年龄。一天，领导上通知他：下个月你可以不用来上班了。

今天是最后一天坐这个办公室了，王先生坐在办公桌前，手里拈了一支烟，不自觉地想："呀，60 岁啦！怎么一下子就 60 岁了呢？我这个位子坐不住了，真有点儿伤感。"王先生有点生气。

"要是我能倒退一个年龄段，48 岁，那该多好！"王先生留恋这个位置的心情溢于言表。

下个月一日，他终于不去上班了，因为当天就有人要进这个办公室，代替他的职位，他进不去啦！

"不，我不是 60 岁，我是 48 岁。"为什么要说 48 岁呢？因为 48 岁比 60 岁小一轮，生肖相同，不易拆穿。王先生还真老谋深算。

一次，他搭了一辆出租车去访问一个老友。那位司机看他上了点岁数，很有礼貌地问了一句："老先生，你今年多大年纪啦？"

王先生一听司机称他"老先生"，心中就有点不快，但也不好发作，就有气无力地说了一声："48 啦！"司机看他有点不高兴的样子，马上来了个急转弯，说："噢！你还很年轻，精神这么好！"王先生的心态这才稍微平复了一点。

有一次，王先生到新华书店去买书，他走上了公交车。车里很挤，他挤到人跟前，一位坐着的女青年立刻站起来说："老先生，您坐！"王先生心想，坐什么，站一会儿不就到了吗，我就这么老了吗？连站一会儿都不行啦！当然，他心里想，却不好说，顺便说了一句："谢谢！"就坐下来了。坐了下来，他倒是觉得坐着还是比站着舒服。

但是也有与此相反的情况。

有一天，王先生到公园去散步，公园门口有一个通知："60岁以上老人免费入园。"他想我60岁啦，可以不买门票了。于是很快拿出身份证，证明自己是60岁，就悄悄地走进了公园。

又有一次，他去医院看病，看完病拿药。药房门口写着："60岁以上老人优先。"意思就是可以不排队。于是他大大咧咧地跑到窗口，要求取药。排队取药的人很多，排在后面的人高喊："不要加塞，不要加塞。"王先生听了不服，"我哪里是加塞？不是写着60岁以上老人优先吗？"说着就把自己的身份证拿了出来，向后面的人亮了一亮，生怕人家不知道他60岁。

回家以后，王先生心里嘀咕：怎么，我一会儿60岁，一会儿48岁，我究竟多大啦？把我自己都给搞糊涂了。

他的腿脚有点毛病，走不动路，就到一家轮椅店里去买一部轮椅。他看中了一部轮椅，向店家问多少钱？店家说1000元，随即又问了一句："你多大岁数了？"王先生刚说出一个"4"字，突然看到墙上有一张价格表，上面标注：60岁以上老人打七五折。就是说1000元的轮椅，60岁以上买可以便宜250元，只要 750 元。于是王先生立即把"4"字缩了回去，说 60 岁了，并且出示了身份证。店家看他确实是 60 岁，就按七五折卖给了他。

王先生坐着轮椅回到了家，家人问他这个轮椅多少钱。他高兴地说，原来要 1000 元，60 岁以上老人打七五折，750 元，便宜了 250 元。家中人一怔，喔！真好，便宜了二百五呀！

不变老不行，该是多少岁就多少岁，改岁干吗？从此以后，他再也不瞒岁了。

老小·老小

几位老人到医院看病，在候诊室里等待，随便聊了起来。

马老先生今年 68 岁，说自己经常头痛，好像觉得老有什么心事放不下，其实有些事跟我一点关系没有，我也老想它，看来我的脑子出了问题，心里老是慌慌的。

牛老先生今年 72 岁了，说近来血压高，血压高到 150—160，不知道该不该吃降压药。因为低压并不高，吃了降压药，可能高压下来了，低压也下来了，不一定好。不吃药吧，又怕高压再上去，危及心脏。

朱老先生今年 74 岁了，他说自己肚子不好，有时便秘，有时拉稀。肯定肠胃有问题，将来弄不好要得肠癌，咋办？

杨老先生今年正好 70 岁，他说晚上睡不好觉，就是失眠；有时睡了就做梦，很害怕的。也不敢吃安眠药，生怕一吃就戒不掉了，要常年吃，终身吃，这谁受得了？

几位老先生各自诉说着自己的毛病，不禁同声慨叹起来："唉！怎么啦？一下子就老了，小时候的情景还常常在眼前驶过，现在竟然老成这个样子，真是不可思议。"

马老先生想起他小时跟他爷爷一起斗蛐蛐的故事。他说，我小时候看见邻家的孩子斗蛐蛐，很好玩，我也想玩，于是就缠着爷爷一起到市场上去买了一个瓦罐，两只蛐蛐，回家看两只蛐蛐争斗。一个大一点的雄蛐蛐比较厉害，把一个小一点的蛐蛐咬伤了。小蛐蛐不能动弹了，就萎缩在一边。大蛐蛐似乎也懂点人事，竟然跳到小蛐蛐身边舔了一下伤口，小蛐蛐渐渐好了，它俩就不打了，而是和睦地相处在一起。马老先生一想到这些，心境突然兴奋起来，好像他跟他爸爸刚看完斗蛐蛐回来。

牛老先生说：我小时候家里穷，吃不起肉，而我就是喜欢吃肉。我妹妹也喜欢吃肉，但每次烧了肉，她总不吃，留着让我吃。我那时很小，觉得妹妹怎么这么好，有点不相信。一次妹妹做肉，很快就做好了，我为了考验一下妹妹是不是真的不吃肉，就躲在大床的帐子后面偷看。妹妹把肉碗端出来，放在桌子上，果不其然，我看见她从碗里挟了一块，放进了嘴里。我当时没有揭穿她，到吃饭的时候我就说，怎么碗里的肉少了？你吃了吗？妹妹说：是呀，我端出来时就挟了一块，但那不是肉，是一块土豆。我是想尝尝这碗肉的咸味。呀！我冤枉我妹妹了，我顿时惭愧地低下了头，我真不能这样看待我妹妹呀，我妹妹真是尽量让我多吃肉的，她自己很少吃，甚至不吃。我跟我妹妹从此更加亲密了，一直到现在，我还不时到妹妹家去，带了点家里做的肉，让她尝尝，这是我对她的一种感恩。

朱老先生也想起了自己的往事，他说：我小时候体弱多病，在学校里常被年纪大一些的同学欺负。有一次，一位同学打我，我回去告诉了我哥，我哥很生气，就带着我一起到那个同学家去理论，那个同学也不示弱，两个人就打了起来。我哥一不小心，把那个同学打伤了，为此我哥受到学校的处罚，我至今都感到我很对不起我哥，我一直非常感激他，他是最关心我的人。

　　杨先生也有一段少年时代的故事。他说：我小时候不爱学习，学习成绩不好，常常跟着几个也不爱学习的同学在街上闲逛；有时候到邻居家的菜园子里玩，顺手摘个黄瓜吃。一次还带回了家，爸爸看到我吃黄瓜，问这黄瓜是哪里来的，我起先还不肯直说，说是买的。"你哪来的钱？"我一看瞒不过，就说是摘了邻居家的，爸爸一听火了，立刻拿起一根鸡毛掸子打我。我觉得很委屈，第二天我一个人悄悄地溜走了。我爸妈也心慌了，我哥哥妹妹到处找我找不到，经过一天一夜，终于在火车站找到了我。我哥哥找到我后，非但不责备我，反而说："你累了吧，怎么这样就走了呢？爸爸妈妈都急出病来了，现在在家躺着，你赶快回去，承认自己不对吧！"我一时也心慌了，拔脚奔到家里，走到爸爸妈妈床前认了错。我爸妈非但没有责备我，反而问："昨天在外面吃了吗？饿了吧，快去吃点东西，你回来就好，我没有管好你，我也有责任。"唉！爸爸妈妈呀，我怎么这么不懂事呢？我后悔得要命，表示今后决不会再这样了，我决不能辜负爸妈和哥妹对我的爱护和期望。不知怎么的，其后我真的变得爱学习了，我顺利地读完小学、中学，还考上了大学。没有爸妈哥妹，就没有我的今天。他说这话时突然流出了一泉眼泪，但那不是痛苦怨恨的眼泪，而是一种感激快乐的眼泪。

　　几个老人说完了自己小时候的故事，本来也就完了。猛不防门背后跑出一个小男孩来，搂着马老先生的肩膀说：爷爷爷爷，我也要玩蛐蛐，你今天带我回去也买一个瓦罐，两个蛐蛐，咱俩一块儿玩。马老先生拗不过，也就同意了。当晚马老先生和小孙子看斗蛐蛐，玩得非常高兴，什么事情也不想了，晚上睡得非常香，头也不痛了。

那个牛老先生呢？那天回家做了一个梦，梦见他妹妹今天做了肉，跟他说："你多吃一点，吃个够，吃成个大胖子。"他说："妹，你也吃，现在咱们家有钱了，不愁吃不起肉了。"两个人的心情非常愉快。

朱老先生那天晚上也做了个梦，梦见他和哥哥，还有许多小朋友一起玩耍，根本就没有谁欺侮谁的问题。他说："现在学校管理得好啦，学生们的自觉性也高啦，讲文明礼貌啦，不打人骂人啦。从小时候起，大家就生活得很愉快。"

杨老先生那天晚上也做了一个梦。梦见他和哥哥妹妹一起努力学习，一起考上了大学，一起努力工作，在各自的岗位上发出光和热。

两个星期后，几位老人又相约到医院去，聚在候诊室里。这一次他们不是去看病，而是互诉衷肠。

马老先生说："我跟我孙子一块儿玩，忘记了愁闷、苦恼，脑子一下子轻松了，也不头痛了，好像什么病也没有了。

牛老先生说："我梦见家人和睦相处，不是抢肉吃，而是大家互相谦让，妹妹再也不会为吃肉发愁了，我的血压也正常了。"

朱老先生也笑着说："还真是，我现在每天送小孙子去上学，路上小孙子的同学看见我都非常有礼貌地叫'爷爷好'，两个小孩子手牵着手一跳一蹦地走进校门。我放心了，心情好了，肠胃病也好了。"

杨老先生也说："我现在工作顺利，也不失眠了，晚上和孙子一起玩，其乐融融。"

几个老人在一起，你一言我一语，异口同声地说："呀！老人老人，我们的心也像小孩子一样的天真，我们喜欢跟小孩子一起玩。俗话说'老小，老小'，老人和小孩一样，我们是越活越小了，看到小孩子天真活泼，朝气蓬勃的样子，就会想到他们的前途，自己没有什么牵挂的了，身体自然就好起来了。"

河西狮吼

一天，小新摇晃着爸爸的手臂说："爸爸爸爸，什么叫'河东狮吼'呀？"

爸爸没想到孩子会问这样的问题，大概他也是从什么小说书上看到了这句话吧。

爸爸笑着说："河东狮吼，就是河东面的狮子吼叫，意思就是一个妻子大喊大叫，把丈夫吓了一大跳，实际就是讲的男人怕老婆。"

小新对爸爸的回答显然不满意，说："那为什么不叫'河西狮吼''河南狮吼''河北狮吼'，而偏偏叫河东狮吼？"

小新爸爸想不到孩子会这样咬文嚼字，就不得不告诉他这一句话的出处。

小新爸爸说："据说古时候有这样一个人，特别喜欢听声伎唱歌。他的夫人对此非常嫉妒，她又性格非常凶悍，经常要打丈夫，弄得这位先生晚上常常睡不了觉。这位夫人姓柳，她的老家在河东。苏东坡有一句诗：'忽闻河东师子吼'，'师''狮'谐音，后人就把'师子吼'改成了'狮子吼'，其实这也只是一句戏言，用来嘲笑一些怕老婆的人。"

小新说："爸，你怕我妈妈吗？"

小新爸爸说："不，我不怕。"

小新说："为什么不怕？"

小新爸爸说："你妈不是河东人，而是河西人，她不吼，所以我不怕她。"

小新说："不见得吧，那天晚上我上厕所，走过你和妈的房门，突然听见里面'啪'的一声，你说，'别打了别打了，痛死我了'！"

小新爸爸的脸顿时一层红，一层白，很不好意思，自嘲着说："那这句成语应该改一改，不叫'河东狮吼'，而叫'河西狮吼'吧！"

迁

孙老先生今年 85 岁了，但身体还很健康，心气平和，日常以读书写作为乐，不计较小事，乐于助人，一天一天愉快地过去。

这天上午 10 点钟了，孙老先生正拿着一本书看，这是一本讲善心的书，说什么"恻隐之心，人皆有之"之类的事，他的助人为乐的思想又油然而生。

忽然一阵门铃声，有人来了。孙老先生立刻去开门，见是一位年轻的女性带着一脸的微笑，她说："老先生，我是快乐公司营业部的工作人员，今天是我们公司成立 10 周年，为了感谢老客户，我特地给你送来一点礼物。"

孙老先生想：什么快乐公司？我没有在你们那里买过什么东西呀，怎么变成老客户了？但人家既然上门来送东西，总是好意，如果拒收，也有些却之不恭，不大礼貌吧！于是就说："好，你进来再说吧！"

那位女士就进门了，她态度非常诚恳，说："呀，老先生，您的身体真好，您高寿呀？"女同志说话彬彬有礼，等孙老先生回答说 85 了，她又说："哪像 85 呀，最多也只是 60 来岁！"

孙老先生听她说自己年轻，心里先是一乐，也就不设防了。

那位女士随即从书包里拿出了两瓶东西，说是去污剂，送给他的。接着她又介绍了这个去污剂的功用，"这是我们公司的产品，礼轻情意重呀！"

随后她又说："这个去污剂的用处很大，用起来也很方便，只要你稍微在污点上擦一下，污点立即消除。家庭里非常适用，厨房里呀，厕所里呀，客厅里呀，卧室呀，椅子上呀，桌子上呀，沙发边上呀，凡此等等，都管用。"

孙老先生也顺口说："好，好！"

那位女士随即说："这类去污剂用处大，但也用得快，不消几天你可能一瓶就用完了。我给你多带了一些，老先生你买一点吧。"

老先生一听觉得不错，买一点就买一点吧！问："多少钱一瓶？"女士说："120元一瓶，买一箱10瓶，能打折，只要1000元。"

老先生说："那就买一箱吧。"

那位女士说："您买两箱吧，用不完还可以送人，邻居呀，子女家呀，都很需要。我这完全是替客户着想。像您老人家这种家庭，买两箱去污剂，花个两千来块钱，算不了什么。"

老先生看看那位女同志辞真意切，出于面子，也不好推辞，说："两箱就两箱吧。"

那位女士立即又出去，从楼下搬上两箱去污剂来。老先生付了2000元，那位女士说声"谢谢"，扬长而去。

晚上，老先生的女儿回来了。老先生告诉她说："今天上午有人上门来送礼，并且推销去污剂。我买了两箱，2000元。"并一五一十地把上午的经历说了一遍。女儿说："啊呀！你上当了呀！这是一个传销员，这种去污剂，市面上只卖五六十元一瓶，她卖你100元，就算很贵了，她欺负老人。再说你买这么多干吗？几年也用不完，放时间长了要变质，不管用了。"

老先生还有点半信半疑，接着又说："不见得一点用处也没有吧！这种人这么干，也总是有些困难，不得已而为之。"

女儿说："呀，爸，她不是不得已而为之，她是有意为之。她就是靠这种方法赚钱，她在你身上赚钱太容易啦！"

老先生说："这也算是一点帮助吧。"他又想起助人为乐这句话来。

女儿说："你这是帮助呀？你这是帮助人搞欺骗呀！你知道她的公司在哪儿吗？你要去告她都没法告。"

女儿最后不禁说了一个字："迂！"

老先生一时语塞："呀！迂！"真这样吗？

将欲取之，必先与之

一次，黄老先生刚出社区大院的门，就碰到一个小伙子上来搭讪，送上一张听课表，说是上午在一家饭馆的客厅里有一个医生讲座，一位大夫跟大家讲医学常识，指点看病什么的，是一个著名的医疗中心主办的，可以去听听。

黄老先生一看这张宣传海报，上课时间是上午 10 点，而现在正是 9 点 50 分，那家饭馆离此很近，现在过去，正是时候。就不自觉地走了过去。到了那家饭馆，走上二楼大厅，已经有不少人聚在那里，准备听讲了。

10 点开讲，主持人介绍了一位老大夫，说是一位医学博士，现在一家医疗中心当主任。这位大夫立即开讲。他讲了许多现在一般老年人犯的通病，什么高血压呀，高血脂呀，高血糖呀，等等。人们一听到这三高，都有点谈虎色变，最害怕的就是这些。大夫讲了一些关于心脏、脑血管等方面的常见病。听讲的人都很认真地听，觉得讲得不错。

讲完以后，主持人说："大家先不要走，我们单位已经和一家医院联系好，可以免费给大家测骨密度。"大家心想，免费测骨密度，这是好事，何乐而不为？都愿意去。

随后大家都上了这家医疗中心准备好的面包车，一会儿就到了一家医院，逐一检测了骨密度。不一会儿，检测报告出来了，黄老先生的骨密度下降，其他人似乎也有类似的问题。那位主持人说："我带你们到我们医疗中心去，那里有很多医生，跟你们讲解，还有各种药，任你们选购。中心准备了套餐，你们可以在那儿免费吃午饭。"众人觉得这也是好事，去看一看未尝不可，就都坐上了他们的面包车。路程不短，开了很长时间终于到了那家医疗中心。

医生请大家坐下，逐个询问每个人的情况。这个说他肠胃不好，便秘；那个说他嗓子痛，干燥发炎；那个说他经常咳嗽；等等。总之每个人都有点病，大家都买了不少的药。黄老先生也买了治高血压、高血脂以及舒肝理气、通经活血的药，竟花了二三千元。

晚上，黄老先生把这次测骨密度和去医疗中心买药的事跟家人说了。大家都觉得有点怀疑，哪来那样的好事？说先吃点药看看吧！

黄老先生服了一段时期药，觉得并没有想象中的效果，几乎一切如旧。一次，他的一位在医院当大夫的亲戚来访，黄老先生把这事告诉了他。这位亲戚说："这类通过免费讲课检查身体的事近来时有发生，结果总是让你买点药。实际也是骗钱的。"他看了看这几种药，又说："这几种药也很普通呀，怎么要花那么多钱？其中有的药还是伤肠胃的，有副作用。"

黄老先生本来肠胃就不好，一说伤肠胃，就再也不敢吃这类药了，把那些药放到那儿。有的慢慢过期了，最后送给收药处了事。

黄老先生忽然想起了一句古话："将欲取之，必先与之。"一点也不差。

中国制的进口货

一次，小曼到日本去旅游，买了一个马桶盖回来。她说："日本的马桶盖好，大便后冲洗方便。"家人心里有点不以为然，说马桶盖也到外国去买，中国连个马桶盖都不会做吗？有些马桶盖还是中国制造后，出口到外国，外国又转销到中国的。

小曼叔叔懂日文，一看，马桶盖上的日文说明："制自中国。"马上就说："这就是中国制造的，你到日本去买中国货呀！"小曼哑口无言了。

隔壁张阿姨快要生产了，她想到美国去生产，说是美国的医院设备好，接生技术高。家人劝阻不得，就只好由她爱人陪着去了。由于张阿姨有糖尿病，这次在美国医院生孩子很不顺利，孩子没有保住。回国后张阿姨有点后悔了，说："到外国去，言语不通，外国大夫态度也不那么好，被耽误了。"

她小叔说："谁叫你是黄皮肤、黑头发呀，你变成白皮肤、黄头发就好了。最好能生产出的孩子是白皮肤、黄头发，一生出来就一口外国话，那你就舒坦了。"

旁边的张老师说："那她就不是中国人，是美国人了。中国人几千年来生了那么多孩子，都是到外国去生的吗？"

七情六欲

七情、六欲，
人们天生带来的感情和欲望。
按照中国人的传统说法，
"七情"就是
喜、怒、哀、惧、爱、恶、欲；
"六欲"就是
生、死、耳、目、口、鼻；
孔子还讲了两个字
食、色。

七个字，六个字，两个字，加起来，
一共十五个字。

人的一生都会经历这十五个字，
没有人能跳过这十五个字，
只是有的人经历多一点，
有的人经历少一点。
有时候多一点，
有时候少一点。

但谁也避免不了，
为生活所必需。

有的人在这十五个字面前
从容以对，
顺利度过，
幸福美满。
而有的人在这十五个字面前
惊慌失措，
败下阵来，
不堪回首。

看来还要加上两个字
意、志，
变成十七个字。

痴

报载：

美国有一位老太太和她的孙女同在一所大学里上课。

一位 80 多岁的老太太正在读研究生。

中国辽宁阜蒙县一位 72 岁的老人康连喜高考了 19 次。

山西临汾一位 70 岁老人杨德胜退休后苦学美术，终于考上了山西师范大学美术学院，后来又读研究生，终至学业有成，还办了个人画展。

广东佛山 65 岁老人张齐志五音不全却想唱歌，经过勤学苦练，竟在网络上举办了自己的演唱会，赢得了近 10 万粉丝。

黔东南一位开了个人电器维修店的老板杨小勇，52 岁时考上贵州民族大学人文科技学院。他白天搞电器维修，晚上几乎全部用在复习功课上，自学一年考上本科，2 门专业课成绩考第一，在网上引发了人们的极大关注。

有的老人坚持爬上喜马拉雅山。

有的老人骑自行车周游全世界。

多少人冷眼嘲笑他们，
说他们痴。

是吗？
是痴人说梦，
痴心妄想吗？
是，也不是。

这是一种意志，
一种毅力，
一种精神，
不管做得成做不成，
都是值得钦佩的。

古人·今人

什么叫古人?

就是古时候的人。

今天我活着,

就是今人,

明天我死了,

就成为古人。

每一个人都曾经是今人,

又都要成为古人。

古人活着的时候是今人,

今人死了就成为古人。

那么

古人和今人是不是以是否活着来区分呢?

是,也不是。

有各种各样的表演:

有的人金戈铁马,纵横驰骋,为国家立功,为人民立业,
受到人民的爱戴,名传千古。

有的人清正廉明,一身正气,不徇私情,为民造福,受人
敬仰,流芳百世。

更多的老百姓勤奋一生，遵纪守法，努力工作，孝敬父母，报效国家，心安理得，无怨无悔。

但也有的人贪得无厌，利欲熏心，自欺欺人，只认钱，不认人，干着损人利己的勾当，什么忠、孝、仁、爱、礼、义、廉、耻，一概丢之脑外，遭人唾弃，人财两空。

有的人知法犯法，作奸犯科，无恶不作，丧尽天良，甚至认贼作父，出卖国格、人格，自绝于人，不得善终。

活着，死了，
今人，古人，
这并不重要，
重要的是他
怎么活着，
怎么死了。

人不是为活着而活着，
而是为什么活着，
怎样活着。

有的人虽死犹生，
有的人活着等于死了，
这就是生和死、古人和今人最大的区别。

老年人最可爱

老小老小

老年人就像小孩子一样

天真率真憨态可掬

见过世面 过眼烟云

甜酸苦辣 都已尝过

为人处事 心态平和

看书学习 下棋作画

带领孩儿 游戏玩耍

天伦之乐 笑逐颜开

年岁虽老 心态不老

既是财富 又是责任

老年人真可爱呀

老年人不宜

倚老卖老

唯我独尊

偏心眼

小心眼

无事生非

无气生气

不知足

不满意

稍有不顺

就发脾气

小则家庭不和

大则影响健康

得不偿失

老年人应该

自得其乐

懂得知足

胸怀敞亮

心宽体壮

风物常宜放眼量

顺其自然

八十岁的年龄

三十岁的心态

保养身体

延年益寿

中年人最可敬

人到中年
负担加重
上有老
下有小
家庭事业
都要照顾
大事小事
都得担当
成天忙碌
心力交瘁
从不抱怨
勇于承担
多么可敬呀

中年人不宜
不负责任
玩忽职守
胡吃乱花
醉生梦死

不是过日子

而是混日子

光阴虚度

工作失误

造成损失

家庭破碎

未老先衰

青春不再

徒唤奈何

中年人应该

敢于担当

勇挑重担

不怕困难

锲而不舍

大丈夫之气概

主人翁的责任

百折不挠

这才是真男子

青年人最可贵

青年人

犹如一轮红日

喷薄而出

朝气蓬勃

血气方刚

精力充沛

初生牛犊不怕虎

敢想、敢说、敢为、敢创

什么也不怕

充满幻想

充满激情

斗志满怀

将来要做一番事业

为国家作贡献

只有年轻人有这样的志向和情怀

年轻人应当有这样的心态和毅力

这是一个人立身之本，立业之根

这种精神多么可贵呀

青年人不宜

老气横秋

过于老成

未老先衰

没有目标

没有思想

没有意志

懒惰散漫

只想享受

心存依赖

一心以为鸿鹄将至

天上会掉下馅饼来

这不可能呀

青年人应该

珍惜时间

时间过得飞快

过了这个村没有那个店

要抓紧呀

不要放松呀

不要虚度呀

不要后悔呀

年轻人就得有个年轻人的样子

快·慢

时间过得快，
也过得慢。
忙忙碌碌一整天，
就觉得时间过得快了。
晃晃悠悠一整天，
就觉得时间过得慢了。
时间完全由自己掌握，
时间有限，
时不我待，
时间不等人，
失去时间，
就再也追不回来了，
八十岁的老人，
难道还能退回到二十岁吗？

时机

什么叫时机？就是适时。

比如一天吃三顿饭，早、中、晚要按时吃，不吃，或者不按时吃，都不利于身体健康。

做事情也是这样，抓住时机。

抓紧时机，做你要做的事情，就能做成；

不抓紧时机，让时机白白地流失了，你怪谁怨谁去？

对于时机，需要去争取。时机也是一个自由体，你争取了，时机就来，你不争取，时机就不来。时机不会白白送上门。

有备无患。对于时机，也需要有所准备。有了准备，时机来了，你就能从容应对。时机来了，而你毫无准备，就会丧失时机。时机只能对你说："拜拜！不是我不给你时机，而是你不会利用时机！"

抓住现在

现在，过去，将来，
过去已成为历史，
将来还没有到来，
只有现在最实在。

过去重要，
将来也重要，
现在更重要，
毕竟你生活在现实世界中。

你是从过去到现在，
没有过去就没有现在，
你是从现在到将来，
没有现在就没有将来，
现在是过去和将来的纽带，
所以必须十分看重现在。

现在，过去，将来，
藕断丝连，

有着一种天然的情结，
若即若离，
若断若续，
剪不断，理还乱。

现在非常短暂，
很容易过去，
过去了再也追不回来，
所以要抓紧现在，
珍惜现在。

延续好的过去，
才有好的现在，
延续好的现在，
才有好的将来。

不一样

什么不一样？
幼儿园、小学、中学、大学、研究生、博士后，
学习的东西不一样。
付出的时间不一样，
精力不一样，
收获不一样。

学习了，
今天跟昨天不一样，
明天跟今天不一样，
明年跟今年不一样，
以后跟以前不一样，
这就是学习了的变化。

学习看不见，摸不着，
只是使我变化，
它是一种神奇，
给予人们无比强大的力量，
它使我上天入地，

未卜先知，
它给我指明了方向，
指出了人们活着的意义。

虽然累一点，
还是值得的，
是一件一本万利的事情。

尊卑

中国人传统上都以地位高低分尊卑贵贱，
官越大越尊贵，
官越小越卑贱，
大官以尊贵自居，
小官对大官自称卑职，
这种传统的观念，恐怕现代还有，
这是一种误导。

不应以官位分高低，职业分贵贱，
地位虽低,但品质高尚,辛勤为人民服务一辈子的,都尊贵,
地位虽高，却尸位素餐，品质低劣，欺压人群的，都卑贱。

小事不小

有些小事，
小到不能再小，
却违反了法纪，
很没有面子。

抢占座位啦，
不是我的座位我坐上了，而且还不肯让，
坐过了站啦，
从北京买到济南的火车票，却在徐州下车，赚了，
吃零食啦，
在公交车上吃零食撒了一地，不以为意。

凡此等等，
屡见不鲜，
说是小事，
其实不小，
因为它有损人格国体。

说这些人不懂礼貌吧，

不，他衣冠楚楚；

说这些人没有知识吧，

不，他还真是个知识分子；

说这些人没有钱吧，

不，他并不缺钱。

那是些什么人呢？

让人浮想联翩。

记得全国解放初期，

单位经常组织学习，

大家都做自我检查，

个人主义、自私自利。

现在这类自我批评似乎已不多见，

多以恭喜发财，投资赚钱代之。

是呀，你的卡上是增值了，

你的脑袋却贬值了，

把个人主义、自私自利的标签贴到这些人身上，似乎很恰

当。

担当

担当，就是一种责任，
敢于担当，就是勇于负责，
干什么事情都要负起责任呀，
负不了这个责就不要承担，
所以在接受一项工作任务时，
先要问一问自己能否担当得起，
如果担当不起，就不要接受，
另请高明。

但是天下的事往往不是这样，
有的人明知担当不起还要承担。

好胜心强，
天下大事，舍我其谁?
九十多岁还抓住总统的大位不放，
明明知道水深过不了河，还想跳过去，
明知鱼儿生长水中，却还在那儿缘木求鱼，
结果往往是徒劳无益，
无功而返。

担当必须实事求是，
不能一厢情愿，
孤芳自赏，一意孤行，
心是好的，
力量不够了呀。

受人之托，
终人之事，
责任在肩，
关系重大。

勉强行事，
担当不了，
小由误人误己，
大则误国误民。

老了，
就要让贤。

缘分

缘分，一个多么美丽动听的名词呀！

什么叫缘分？按照辞书的解释，就是人与人之间命中注定的巧合，实际就是人与人之间或人与事物之间发生联系的可能性。

缘分，通常都是指好的方面，如人缘、良缘等，祝贺一对新人结婚就称"喜结良缘""金玉良缘"。没有或者很少把不好的事称为结缘的，那不是结缘，而是结怨了！

"命中注定"，这听起来有点玄，似乎带有点唯心色彩。其实不然，过去叫缘分，命中注定，用现在的话说就叫机遇、机会。机遇、机会是一种客观存在，每个人都可能遇到。你可能碰上了，就是有缘分，你碰不上，就是没有缘分。世界上机遇、机会那么多，但不一定每个人都能碰上，有的人碰上了，有的人没有碰上，这很正常，否则也就没有什么机遇、机会、缘分、命中注定等辞句了。

关键是要抓住机会，机会抓住了，咱俩千里来相会，咱俩谈恋爱了，咱俩结婚了，就是咱俩有缘分。

也可能是有缘无分。虽然咱俩谈了很多年恋爱，我很爱你，你也很爱我，眼看就要结婚了，但却因种种原因，没有能结婚，俗话就叫有缘无分。

但是机遇是要创造的，不是无缘无故就能得来的。咱俩都抓住机会了，咱俩就有缘分了，咱俩都没有抓住机会，咱俩就没有缘分。

谈恋爱如此，世界上任何事情都是如此。

说话

山不在高，
有仙则名，
水不在深，
有龙则灵，
话不在多，
说在实处，
三言二语，
点到就行。

说话是一项技术，
一门艺术，
少而精，
简而明，
深入浅出是真学问，
翻来覆去是炒冷饭，
虽说人人都会说话，
但说得恰到好处却并不容易。

十指连心

十指连心。人的手指头感觉最灵敏，十个手指头碰伤了一个，都会牵连到另外的手指头，连着心脏，造成人体其他部位的损害。

每一个人和社会的关系也是这样，密不可分。

一个社会就像一部机器，每一个零件都环环紧扣，密切相关，哪一个零件出了问题，就可能使机器不转，所以说零件虽小，却很重要。

社会是一个大集体，每个人都是社会的重要一员，为社会的事业分工负责，各尽其职，各显神通，共襄大举。

人们要互相关心，互相帮助，互相支撑，互相协调，把你的事当成我的事来办，同舟共济，至于玉成。

如果大家三心二意，各自为政，你干你的，我干我的，没有沟通，一盘散沙，必然削弱力量，办不成事。

不要小看一个手指头，不要小看一个微小的零部件，不要小看每个人的能量。

一根筷子容易被折断，十根筷子捆在一起就折不断了。团结就是力量。

五湖四海

五湖四海，
海内存知己，
天涯若比邻。
四海之内皆兄弟，
远在天边，
近在咫尺，
一衣带水，
共同体，
地球村。

我们这个世界，
既远又近，
既异又同，
既疏又亲，
既离又合。

看似很远，
其实不远，
看似抓不着，

其实摸得到，
看似不可能，
其实有可能，
看似做不到，
其实能做到。

和睦相处，
犹如一家，
关心，
帮助，
支持，
爱护，
像牙齿和嘴唇，
皮肤和毛发一样，
互相呵护，
谁也离不开谁。

大同世界，
人心所向，
齐心协力，
构成人类命运共同体。

咎由自取

咎，就是过失、失误。

咎由自取就是一个人有了过失，犯了错误，受到惩罚，是自己造成的。

一些人明知不能酒驾，但抱着无所谓的态度，非要酒驾不可，觉得不会出什么事，妄图侥幸过关，终至酿成车祸，危害人群。

明知吸毒违法，但觉得它能壮精神，吸一点毒没关系，结果养成毒瘾，想戒也戒不了。终于被抓，受牢狱之灾。贩毒者害人害己，与吸毒者同受法律制裁。

明知坑蒙拐骗不道德，但财迷心窍，为了捞几个钱，什么也不顾，把钱先弄到手再说，损人并不利己，留下了一个道德败坏的丑名。

明知打架无益，但因一时气愤，非要出这口气不可，于是就大打出手，你一脚，我一拳，一不小心出了人命，身陷囹圄。

人是什么？人是有思想的动物，凡事需要理智，需要控制！世界那么大，互相牵扯，不可能不碰到一些利益冲突的事。碰到一些事，不能光凭一时之气，而是需要冷静处理，运用你的智慧，及时化解，自觉控制，化险为夷。

前车可鉴。前事不忘，后事之师。何以一些人如此健忘，总想以身试法呢!

天作孽，尚可救；人作孽，不可活。千万不要失去理智，否则，造成伤害，就是咎由自取啦。

真伪三字经

曾子说：

吾日三省吾身，

为人谋而不忠乎？

与朋友交而不信乎？

传不习乎？

忠、信、习，

这是真经。

现代也有三字经：

钱、财、利，

今天赚钱了吗？

发财了吗？

获利了吗？

两个三字经迥然不同，

但这不是真经，

而是伪经。

我不是说现代人都讲钱、财、利，

也不是说大家都不要讲钱、财、利，

我只是讲忠、信、习。

钱、财、利，
是一种现象，
一种诱惑，
一种情绪，
一种萌动，
一种欲望，
一种刺激，
一种贪婪，
一种意向，
一种潜移，
一种默化，
一种世俗，
一种熏陶，
一种挑战，
一种随机，
一种潮流，
一种趋势，
一种心态，
一种隐求，
一种理念，
一个时代。
处处在撼动你，

让你眩晕上钩。

谨防上钱、财、利伪经的当，
坚持忠、信、习的真经。

张冠李戴

张先生的帽子戴到了李先生的头上，虽然大小差不多，但毕竟是两个头，戴得不合适。这句话不过是一个文学语言，意思是弄错了对象。当然也有歪戴正着的。

戴错了帽子，也有几种情况。一种是无意识的。无意者不罪。还有一种是有意识的，故意搞个张冠李戴。说你好吧，就什么好事都戴到你头上；说你不好吧，就什么坏事都戴到你头上。这是很不公道的。

不要小看了张冠李戴，有时候把一盆屎都撒到你头上，让你有理说不清，甚至诬陷诬蔑，给人家造成很大的伤害。这类事世界上少吗？不少。

假象

假象的迷惑性很大。
一个人说张三杀人了，
大家还不相信，
十个人说张三杀人了，
大家还有点怀疑，
一百个人说张三杀人了，
大家就真以为张三杀人了。
其实张三并没有杀人，
是人们被假象迷惑了。

假象哗众取宠，
危言耸听，
以假乱真，
是非不分，
把事情搅乱，
使你分不清东西南北，
青红皂白，
误入歧途。

假象能够抬举一个人，
也能毁灭一个人，
所以假象很可怕。

将欲取之，
必先与之。
我爱你，
爱得死去活来，
你叫我干啥我就干啥，
甜言蜜语，
为的是博得你的芳心，
取得你的钱财，
哪里有半点真爱。

看脸色，
拍马屁，
奴颜卑膝，
巴结讨好，
任你摆布，
唯命是从，
不是为了尊重你，敬仰你，爱戴你，
而是为了赢得你的信任，
将来好讨个官做，
让我发财。

但假象终究是假象，

不是真相，

一旦假象被揭穿，

真相大白，

人们就恍然大悟，

如梦初醒，

千万要警惕呀。

找关系

人与人之间互相交往，
建立了关系，
这很正常，
也很重要。

但如果人们办事要靠关系，
没有关系办不成事，
那就不正常了。

你有关系，就能办成事，
我没关系，就办不成事。
于是大家就都去找关系，
找关系者趋之若鹜。

要找关系，
就得托人，
要托人，
就得给人好处，
人家不能白给你干，

于是关系就变质啦。

好处多关系就大，
好处少关系就小，
关系可以使你一夜成名，
一夕暴富，
关系的魔力真大。

靠关系办事，于是
走后门者有之，
贪污纳贿者有之，
敲诈勒索者有之，
金钱财物铺路，
颜面人格扫尽，
关系成为社会一切罪恶的源头。

如果社会上都要靠关系办事，
那成什么社会了？
这是一些有识之士不屑为之的。

宁愿事情办不成，
也不去找关系，
办不成事事小，
失去尊严事大呀。

超越

在当前竞争激烈的时代，每个人都想做得很好，更好，出人头地，超越别人，这很正常。

每个人都要有超越别人的心态，每个人也都不要怕被别人超越，长江后浪推前浪，一浪更比一浪高，这是客观规律，一种趋势，一种必然，谁也阻挡不住，如果没有这种你追我赶、心潮逐浪高的追求，世界怎么发展，事物怎么变化？世界就是在这种不断超越的心态下发展前进的。

超越不是嫉妒，这是两个完全不同的概念。超越是为了我好，你好，他好，大家都好，推动事物的不断发展进步。超越是没有止境的，是共同的，光明正大的。

而嫉妒则反其道而行之，只能我好，不能你好；只能我超越你，不能你超过我；只能我优先，不能你优先。如果你超过我了，我就要设法阻止你，甚至造谣污蔑，恶意中伤，无所不用其极。

本来大家都是好朋友，现在却互不相容，变成敌对，心里酸溜溜的，摆不到桌面上。

把心思都用在嫉妒上了，不用在工作上了，结果必然是你停滞，我也停滞，大家都原地踏步，不要说超越，反倒是后退了。

过犹不及

有一种说法，

矫枉必须过正，

不过正不足以矫枉。

也许有一定道理，

但也未必全是如此，

矫枉本来是为了矫正错误，

一过正就是从一个错误变成了另一个错误，

等于没有矫正错误。

不吃饭是要饿死的，

吃得太多了是要撑死的；

不锻炼不健康，

锻炼过了头也会损害肌体。

法院判一个人死刑，后又改判无罪，

但人死了怎能复活？

所以说，过犹不及，

人们要的是正确，

不要矫枉过正。

什么叫正确？

正确就是实事求是，公平合理，

符合社会公认的道德标准。

过和不及就是不正确，

这是高超的领导艺术，
要很好地学习把握呀。

说理

人与人之间发生争吵，都认为自己是对的，别人不对，因此吵起来。如果承认自己错了，也就吵不起来了。

人生在世，谁不会有一点缺点，犯一点错误？有了缺点错误不要紧，改了就好。聪明人就在于知错就改，不贰过，朝闻道夕死可矣，他哪里会跟人争吵。即使是我对的，别人错了，也犯不着跟人吵架。公道自有人心，何必去吵呢！

有的人永远不承认自己有错，自己永远是对的，错误永远是别人，经常跟人吵架，吵个没完，而且明明知道自己错了，别人对的，还强词夺理，总说自己对，这就变成无理取闹了。结果双方都受损失，谁也没有得到好处。

个人与个人之间的关系如此，国与国之间的关系何尝不如此。我永远是对的，你永远是错的，所以两国经常吵架，永远也和好不了。

其实，吵架往往是一方挑衅，另一方应战而已。我不愿意跟你吵架，但你非要吵不可，我也只得奉陪，我不是跟你吵，而是跟你说理，直到你不想吵了为止。

逆耳忠言

人们都爱听好听的话，
不爱听不好听的话，
说好话不花钱，没有成本，
所以大家都说好听的话，不说不好听的话；
大家都听好听的话，不听不好听的话。

情况完全如此，
不必光说好听的话，
光听好听的话，
有时候说不好听的话比说好听的话还管用，
听不好听的话比听好好听的话还受益。

有一言而可以终身受益者乎？
有。
逆耳忠言。
有时候一句话能改变你的一生。

皮毛·唇齿

皮之不存，毛将焉附，
唇齿相依，互相保护。

人生在世，
谁也离不开谁，
要互相帮助，互相扶衬，
一荣俱荣，一损俱损，
一带一路，惠及众人。

没有真正的隐士，
隐士，谁跟你做饭吃，做衣穿。

保护别人就是保护自己，
帮助别人就是帮助自己，
给人麻烦就是自己麻烦，
制裁别人就是制裁自己。

不要只是商人意识唯利是图，
要有大政治家的气概风度，

不要只是玩弄手段，

而要真诚相待光明磊落，

不要只是一时一事，

而要天长地久永远造福。

小菜

人们吃惯了大鱼大肉，山珍海味，

有点腻了，

就想吃点清淡的。

三五至亲好友，

围在一起，

点几盘小菜，

一盘茴香豆，

一盘小葱拌豆腐，

一盘花生米，

一盘酱黄瓜，

清爽可口，

大饱口福。

此情此景，

不禁使我想起了李白的《月下独酌》：

"花间一壶酒，

独酌无相亲。

举杯邀明月，

对影成三人。"
多么丰满的想象力，
不愧为诗仙。

又想起鲁迅的一篇文章，
描写他年轻时在家乡绍兴一家小酒店，
点了几盘小菜，从容自酌的情景，
文人学士也有清闲的时候，令人神往。
进入小康社会，
大家的选择多啦。

搭配

现代人生活水平提高了，
饮食也改善了，
过去吃不起的，
现在吃得起了，
过去吃糠咽菜，
现在能吃大鱼大肉了。
谁不想多吃一点，
于是便使劲地吃，
尽量地吃，
以至吃出了毛病，
主要是得了肠胃病，
消化不良，
还会导致，
血脂高，
胆固醇高，
血糖高，
血压高，
等等。
几高俱全，
危害健康。

于是有人从一个极端转到另一个极端，

不吃荤，只吃素，

不吃细粮，只吃杂粮，

不吃鱼肉海鲜，只吃豆腐白菜。

这样一来，

又变得营养不良，

体重下降，

身体顶不住，

工作做不好。

医学家指出，

要注意饮食健康，

主要是粗细搭配，

荤素搭配，

鱼肉、蔬菜、水果搭配，

不要光吃一样，不吃另一样。

要记住两个关键字：

搭配。

不是叫你不吃这个，不吃那个，

而是什么都可以吃，什么都要吃，

只是要"搭配"着吃，

看来"搭配"两个字非常重要。

因噎废食

"因噎废食"这句话出自《吕氏春秋》，原文是这样的："夫有以噎死者，欲禁天下之食，悖。

有以乘舟死者，欲禁天下之船，悖。

有以用兵丧其国者，欲偃天下之兵，悖。"

"悖"是不对的意思。

一个人噎死了，大家就都不要吃饭了。

因翻船而溺死了，大家就都不要坐船了。

打了败仗而丧权辱国，大家就都不要练兵打仗了。

这是一段寓言，比喻人们往往因小失大，或者怕做错事而干脆不干。

世界之大，社会那么复杂，哪有不出事的呀？

出了事，要从容以对，不要惊慌失措，被吓破了胆，以后什么事情也不敢干了。这于事无补，而且有害。关键是要对事情进行分析，找出原因。

吃饭噎死了，是这个人吃得太快了，或者嗓子有毛病？

翻船溺死了，是船开得太快了，船触礁了，乘船的人太多了，船底有洞？

打了败仗，是指挥不当，兵力孱弱，配备不良，后备不足，还是师出无名？

把问题弄清楚，针对问题解决问题，就不会再出问题了。饭照样吃，船照样坐，仗照样打，什么事也没有。

在生活中，
要承受得起成功，
也要经得起失败。
世界是一部成功史，
也是一部失败史，
成功者是有名英雄，
失败者是无名英雄。

宽厚

宽厚就是指待人宽容厚道，这是我国的传统美德。过去如此，现在也如此。

不要老去挑人家的毛病，动辄得咎，使人无所适从，不知所措；要多看人家的优点，与人为善。

不要看到人家的一点错误，抓住一点，不及其余，没完没了，使人难堪，应当适可而止，留有余地。

不要自以为是，唯我独尊，要善于倾听不同意见，哪怕是反对自己的意见，做到有则改之，无则嘉勉，不要记仇。

不要计较小事，把小事放在心上，心怀不满。不纠缠无原则纠纷，风物常宜放眼量。

胸怀坦荡，经得起委屈误会，相信事情总有一天会弄明白，还我清白。

凡此等等，都是宽厚的一些表现。

不要以为宽厚是示弱，它正是一种意志坚定的表示。

成大事者胸中自有百万雄师。

愤怒冲动

人与人之间发生冲突，多数是由于愤怒冲动，一言不合，拳打脚踢，什么都不顾了，"爱之欲其生，恶之欲其死"，恨不得一拳把他打死，真是应了孔子的这句话。

人总会有冲动，总不能老是四平八稳，像一根木头一样，没有知觉。人受到外界的干扰，就会有各种各样的反应，有时候就会愤怒冲动。世界上没有永远不愤怒冲动的人。

但是愤怒冲动总不是好事，
风险太大啦，
甚至会出人命。

当你愤怒冲动的时候，
必须配以理智，
理智占了上风，
冲动就占下风，
冲动占上风，
理智就占下风。
理智是制约愤怒冲动的一剂良药。

电视上法制节目，

介绍一些人一时愤怒冲动，

犯了罪，

身陷囹圄，

徒唤后悔，

无奈已晚。

看到报上

有一篇文章的大标题，

赫然写道：

《愤怒，以愚蠢开始，以后悔告终》。

经典语言，

需要牢记。

恍惚

我有时候觉得很充实，

有时候又觉得很贫乏；

有时候觉得很满足，

有时候又觉得很虚空；

有时候意气风发，

有时候又意志消沉；

有时候觉得这个世界很可爱，

有时候又觉得这个世界很可怕；

有时候热恋这个世界，想多活一些时候，

有时候又愤慨这个世界，不想看到，只求一死。

人要有主见，有了主见，思想才不会飘忽不定，

意志坚定，才不会恍惚摇摆。

似是而非

凡事总有一个是非，是就是是，非就是非，不要弄得是也不是，非也不非，是非不分，真假不分。

常常会遇到一些是非不分的事情。两个人打架，谁先动的手。一个说：他先扯我的衣服，我才动手的。另一个说：是他先打人。究竟扯衣服算不算动手？一般人还真难以判断。

有一个人骑自行车靠近一位老人，看似碰着了，实际并未碰着，老人倒下了，骑车人立即下车把他扶起来，老人说是骑车人撞了他，不依不饶。这类情况究竟是老人要赖，还是骑车人的过错，别人还真很难判断。骑车人花了半天功夫，既花了钱，又花了时间，耽误了工作，还里外不是人，受人指责，有理说不清。

更让人啼笑皆非的是：一幢十几层高的大楼，上面掉下了一块砖头，把一位行人砸伤了，甚至砸死了。究竟是哪一家的砖头掉下来的，一家一家去调查，谁也不承认是自家的砖头掉下去了。查不出来，怎么办？当局者想出了一个办法：公摊。几层楼以上的住户都有嫌疑，罚多少钱了事，貌似公正，实是无奈，事情终没有搞清楚。

这不禁让人要问，究竟还有没有是非？应该说，是非终归是有的，但这不仅仅是一个是非问题，更是一个道德问题。是非问题首先是一个道德问题。一个社会如果道德上不去，是非问题恐怕也很难上去。

精明·精神

有的人很精明，
善于算计，
专门算计别人，
总想把别人的钱弄到自己的口袋里，
而自己则一毛不拔。

有的人不肯吃一点亏，
一块蛋糕，
你多占了，
我少占了，
就大叫大嚷，
"我吃亏了！"
非得要再占一点。

人家一不小心，
泼水弄脏了他的衣服，
或者不小心碰撞了他，
擦破了他的一点皮，
那还了得！

非要你赔偿不可，
或者陪他上医院去治疗，
无非是要人家多花几个钱，
实际对自己没有一点好处，
凡此等等，
不胜枚举。

有的人则不然，
不愿意多吃多占，
少占一点就少占一点吧，
也就这么一点点，
何必这么计较。

一事当前，
先替别人打算，
不要让人吃亏了，
自己吃一点亏算不了什么。

乐于帮助别人，
即使自己受到一点损失，
也在所不惜。

精明人，
看似精明，

其实他一点也不精明，
他得到的也是很有限的，
失掉的却比得到的要多得多。

有些人看起来不精明，
虽然失去了一些，
却心安理得，
安之若素。

说到精明，不禁让人想起精神，
精神和精明迥然不同。
精神看不见，摸不着，
但它比精明要值钱得多，高贵得多。
人们要追求精神，而不要追求精明。

阿尔茨海默症

阿尔茨海默症，

俗称痴呆症。

好端端的一个人完全变了样，

记忆力极度衰退，

什么事都不知道了，

出门不认得回家的路，

很熟悉的人也不认识，

吃了饭说没有吃，

大小便失禁，

等等，等等。

给自己和家人带来非常非常大的痛苦和困难。

这个人年轻时可能非常活跃，

思维非常敏捷，

身体很强壮，

跟人交往非常友好。

甚至他

当过总统，

总经理，

怎么现在变成了这个样子？

医生说，这是一种脑血管病，
但病因到现在还没有查出来，
可能是遗传，
可能是性情急躁，常跟人吵架，
可能是受到一些刺激，得了抑郁症，
可能是遇到不顺心的事，心中有疙瘩，
可能是觉得自己老了有某种恐惧感，
谁能保证自己以后不得这种病。
真是不寒而栗！

现在还没有发明出一种治疗痴呆症的特效药，
但能不能有一点预防的办法呢？
难道就一点办法没有吗？
天无绝人之路呀，
假设能有一点预防吧。

这是一种心病，
心病还需心药医，
心胸要开阔，小事不要计较，
这么大年纪了，
人世间的悲欢离合，甜酸苦辣，
哪一项没有尝到过，

还有什么放不开的。

常常看点书，从书中得到一点启发，开一点窍，

写字，

画画，

下棋，

唱歌，

跳舞，

看电视，

和人交往，谈天说地，海阔天空，

多和孩子们玩，从中得到一点快乐，排除一点忧虑。

再有，做一些适当的锻炼，

磨炼自己的意志，

……

看看能不能管点用，

锻炼总归是好的。

家属们，

难为你们了。

你们的辛苦和痛苦可能比病人还要多，

医生们早一点研究出一种良方，

来拯救这些可怜的患者。

原谅这些老人吧，

原谅你们的爸爸妈妈吧，

他们也并不愿意这样呀。

中国特色老年大学

现在老年人越来越多，中国也步入了老龄社会。

全国各地的老年大学也应运而生。差不多每一个省、市都有，有的城市会有好几个老年大学，办得有声有色，非常吸引老年人。老年大学已成为老年社会生活之必需。

我也上过老年大学，这里结合自己的一些感受，提出一些举办中国特色老年大学的设想。

一是老年大学的课程设置一定要非常广泛，包罗万象。因为中国的老年人多，各有各的爱好，老年大学课程设置多，便于老年人选择。

老年大学可以设置文科、理科、工科、法科等等，还可以细分，如书法、绘画、棋类、诗歌、演戏、写作、编导、缝纫、刺绣、烹饪、医疗、家政，等等。条件允许的地方，还可以教老人怎么种菜、栽树、养鸡、养猪、养鸭、养羊、养牛，等等，不仅使学员学到了技术，如果运用到生活上，还可以发财致富，好处多多。

二是老年大学要办得正规一些，建立各种制度，加强管理。例如订立学制，一届几年，可以推行宽进严出的制度，毕业了成绩优秀的可以给予学位。实行奖励制度和扶助制度，学费不要收得太高，成绩突出的可以给予奖学金，贫困的可以给予优惠补助，使大家都乐意上学，能够上学。

三是老年大学的教师，可以从一些已经退休的老专家、老学者中聘任，有助于解决一些老人的失业问题，做到老有所学，老有所用，这比许多有用之材只因年岁大了而弃置不用要有意义得多，这也是一个很现实的问题。

办老年大学也不要千篇一律，因地、因人、因事而导，中国人办老年大学要办出中国特色，说不定还能招引一些外国老人呢！

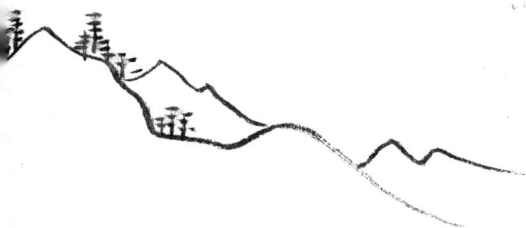

三　寓　意

虎入平阳

平阳在什么地方？叫平阳的地方很多，实际只是指地势平坦而已。

老虎一直深居山中，很少到平阳地区来，一旦进入平阳地区，很不习惯，不知何所适从，只得任人家摆布。

一天，一只老虎从山涧跳出来，进入平阳县，但见县里人山人海、摩肩接踵，好不热闹。它从来没有见过这种世面，只能一步一步地往前走。它对许多新鲜事物也十分感兴趣。

正走时，忽然看见前面有一个跟自己长相差不多的动物在走。唉！它怎么这么小呢？肯定是一只幼虎，我前去跟它攀谈攀谈。于是它就前去，和那只小动物聊上了。原来那个小动物并不是幼虎，而是一只狗。狗一见老虎，先是吓了一跳，后来看到这只老虎很温和，也就放下了心，和它攀谈起来。

老虎说：我初来乍到，对这里不熟悉，你做个向导，带着我玩吧。

小狗见这只老虎不仅性格温和，而且有点呆傻，就说：好，我带你玩吧！

于是狗在前面走，老虎在后面跟，一路上招摇过市，好不威风。

走到一家服装店，狗对老虎说：这是一家服装店，这里的衣服很漂亮，你挑一件吧。老虎挑了一件白色的羊皮袄，披在身上。老板看见是一只老虎，害怕了，钱也没有跟它要，就让它走了。

老虎披着羊皮袄，像一个羊似的。这里的人都喜欢羊，看见"羊"来了，一个个往它身上靠，有的人往"羊"身上掷石头。这只披着羊皮的老虎也不发怒。一个牧羊人看见"羊"不走，就用鞭子使劲地往"羊"身上抽。老虎忍着痛，竟然也不吼叫一声，乖乖地跟着狗走。

后来走到一家饭馆。狗说：这是一家饭馆，你饿了吧？就在这里买点东西吃吧？老虎说好。于是狗就买了好些羊肉、猪肉、鸡肉等等，让老虎吃。可老虎刚一张口，狗突然一跳，跳到了老虎的屁股后面，老虎没有吃到东西；狗又一跳，跳到老虎前面，老虎刚想啄食，狗又一跳，跳到了老虎的后面，老虎又没有吃到东西。这样狗来回地跳动，其实是在耍老虎呢。老虎被耍得精疲力尽，但最后终于吃到了东西。要是老虎真吃不到东西，也可能真的把这只狗给吃掉啦。

又走了一段路，是一个斗牛场。一个斗牛勇士，手里拿着一面旗在牛面前晃动，引导那头牛来拱旗，斗牛士一忽儿在前，一忽儿在后，那头牛一忽儿扑到前面，一忽儿扑到后面，总是扑不到那面旗，终于太累了，支持不住，躺在了地上。老虎见此情景，心里不服，心想我来试试看，难道我堂堂老虎，比不上一头牛吗？于是它和那个斗牛士比试起来。斗牛士如法炮制，搞了十几个回合，把老虎也斗得有气无力，躺在斗牛场上动弹不了。

见此情景，狗说：你累了吧？不要紧，赶快到前面凉快凉快去。狗把老虎带到一条河边，说：你可以去洗个澡，清凉清凉。老虎刚被斗牛士弄得一身泥，也想去洗一洗，于是它就真的跳下了河。可这一下河，它还真的上不来啦，被淹死了。

牛、羊、猪、狗

牛、羊、猪、狗，这几种家畜，各具特点。

牛最勤奋，力气大，也最驯服。自古以来，牛都帮助农民种地，在田里来回走动，连头也不回。牛吃的是草，而贡献的是奶，从来也不计较。牛黄是一种中药，牛皮能制造皮革，牛肉鲜美，牛的用处多着哪！但随时代的发展，现在耕地不用牛了，而用机器来代替，牛在这方面的作用逐渐消失了。

羊最孱弱，也最温顺胆小。一个人拿着一根鞭子，就能让一群羊乖乖地听话。叫它往东，它就往东，叫它往西，它就往西，不敢违反，不听话就要挨上一鞭子。痛呀！但是羊也有很多用处，羊毛可以做原料，制成衣服，轻薄而温暖，人们都很喜爱；羊肉则尤其鲜美。

猪最笨拙，也最丑，最迟钝，人家说你这人笨就说你是猪脑子呀！但是猪很俭朴，不挑食，专吃人家剩下来的饭菜、泔水，却还吃得津津有味呢！猪在泥塘里打滚，一身污秽，很脏，但猪肉却很香，苏东坡发明的东坡肉是一道名菜。猪鬃是宝贵的工业原料，有多种用途。

狗。几种动物中只有狗最乖巧。狗通人性，主人喜爱它，它在你身上乱爬乱跳，高兴得不得了，像宫廷里的后妃，一旦受到宠幸，就受宠若惊，千娇百媚，一个劲儿地向皇上撒娇，虽然觉得很有趣，却也觉得很可怜。但是狗一生气，也要咬人，让人害怕，狗急也要跳墙的！

说起这些牲畜，忽然想起人来了。拿人跟牲畜比，不是把人的地位降低了呀？其实未必，人和牲畜都是动物，不过人有思想，比一般动物进化了一点。这些牲畜既然有那么多的好处，为什么人就不能学一学呢！

人要牛那样勤快，靠自己的努力作出成绩来，勤快受到人们的尊重。

人要像羊那样温顺，实际就是懂礼貌识大体，遵守纪律，和平相处。

猪有一种牺牲精神。人要像猪那样认识到我生出来就是为人民服务的，是全心全意而不是半心半意，三心二意。

那么还有向狗学习什么的吗？有，就是要像狗那样忠诚负责，现在有许多人家养狗，就是因为狗忠诚老实，家里有了一条狗，家人就比较放心了。还有所谓"义犬"，狗还讲义气，而人岂可没有！

总之，人总不能不如牛吧！人总不能不如羊吧！人总不能不如猪吧！人总不能不如狗吧！

不比不知道，一比吓一跳。

傻

"世界上什么动物最傻？"小明问爸爸。

"狗最傻。"爸爸说。

"为什么呢？"小明追问。

爸说："你看见过跑狗场的跑狗吗？"

小明说："电影里看见过。"

爸说："六只狗猛追一条电兔，总也追不着，但这六条狗每次都追，一次，两次，三次，四次，十次，一千次，一万次，月月追，年年追，无数次，这六条狗一次也没有追着过，但它们追得永无止日，不是傻吗？"

小明听了，点点头，又摇摇头。

爸说："你什么意思？同意我说的，还是不同意我说的？为什么点头，又摇头呢？"

小明说："你说得对，也不对。"

爸爸："为什么？"

小明："狗是傻，但它终究是狗，其实我觉得人最傻。"

爸爸听了不以为然，说："人是最聪明的，怎么会是最傻呢？"

小明说："人明知道有些事情做不到，但他还要做，不撞南墙不回头，你说傻不傻。"

爸说："你指的是什么？"

小明只说了两个字："侵略！"

爸爸被小明这锐利的语言说得哑口无言，举起了一个大拇指，没有说出话来。

小明问爸爸："爸，你说我说得对不对呀？"

爸说："对，也不对。正因为世界上有这么傻的一些人，成天在盘算着做不可能办到的事，所以才有聪明人出来制止他。所以还是人最聪明，否则我们这个世界就不能延续下去了。"

狐仙

70岁的老奶奶教小孙子认字。

这是"人"。老奶奶说。

我记住了,一撇一捺,就是人。小孙子说。

这是"山"。老奶奶又教他一个"山"字。

好,这也很简单。小孙子说。

这是"仙","人"字旁边加上一个"山"字。老奶奶继续教小孙子。

仙人总是躲在山里头不出来呀?小孙子问老奶奶。

大概是吧。老奶奶这样回答。

小孙子说:仙人原来也是人,只是他住在山里罢了。为什么仙人总是躲在山里不出来?他是见不得人吧。

小孙子有点不解。

奶奶说:不,仙人都是好人。

孙子说:不见得吧?狐仙耍猾,也是好人吗?

奶奶冷不防孙子会说出个狐仙来,一时不好反驳。

她脑子一转,说:狐仙不是人,只是假装人,它是狐狸,狡猾的狐狸。

削足适履

现在的年轻时髦女子都爱穿高跟鞋。高跟鞋前面尖尖的一大块，小姐的脚怎么能伸得进去？小芬问妈妈。

妈妈说：不是把脚全部伸满鞋，前面留一点空隙，不是可以伸进去吗？所以高跟鞋总比你的脚要长一些。

小芬的哥哥小刚在旁边听到了，说：原来如此。他若有所悟。

一天小刚去买鞋，他特别喜欢这双鞋，可是这双鞋小了一点，小刚穿不进去。

售货员说：换一双吧。

可小刚是死脑筋，他不愿意换，非得买这一双鞋不可。

怎么办？

小刚说：不要紧，我把我的脚后跟切断一段，不就能伸进去了吗？我妹妹买高跟鞋，总比她的脚大一些。

好好，你真聪明！售货员一脸的阿谀。

于是小刚就开始削脚,刚一动手,就痛得哇哇叫,鲜血直流。

呀！痛死我了！

呀！你真聪明，你还知道疼呀！

售货员说。

好了伤疤忘了痛

小青蛙一蹦一蹦地在井边跳跃，好不自在。一不小心，碰了一个井盖，摔了一跤，差一点被摔到井里去，左腿上磕了一个伤口。痛呀！

青蛙妈妈说："要小心呀，下次不要再磕了。"

小蛙说知道了。

过不多久，小青蛙的伤好了，伤疤也消了，它很高兴，忘记了过去的痛，又一蹦一蹦地跳了。一不小心，又在右腿上磕破了一块，痛得要命！这次碰的伤比上次厉害，使它久久不能平静。

青蛙妈妈说："好了伤疤千万不要忘了痛呀！处处小心，才能免于再次受伤。吃一堑，长一智，你要长一点智才好。"

蚍蜉不会去撼大树

蚍蜉是一种大蚂蚁，它在蚂蚁群中是很大的了，独立蚁群。

但是蚂蚁究竟是一种小动物，再大的蚂蚁也不会想到去撼大树，因为它知道自己是撼不动大树的。

韩愈在一篇文章中说，"蚍蜉撼大树，可笑不自量"，只是一个譬喻，重点不在蚍蜉，而在"不自量"。

其实，蚂蚁是一种非常懂事的小动物，它自知自己身体小，力量小，所以它在搬一块较大的食物时总不是一个蚂蚁搬，而是动员了许多蚂蚁一起搬，终于一点一点地把大块食物搬进了蚁洞。看起来，蚂蚁是非常勤奋的，是高智商的。

倒是人，有时候明知其不可为而为之，这才叫作"蚍蜉撼大树，可笑不自量"呢！韩愈说这话的愿意恐怕也就是如此。

自己吓唬自己

一个人夜间走路，影子老是跟着他。

他走哪儿，影子也到哪儿。他到东，影子也到东；他到西，影子也到西。

这个人有点害怕了，怎么这个影子老跟着我？是不是在叮我的哨呀？

他害怕得不得了，紧张得不得了。他想摆脱他，却总摆脱不了。他打影子，影子也打他，他不打，他也不打。

人们认为，这个人脑子有问题，是弱智，怎么连影子随人都不知道？

别看这个人害怕影子，世界上怕影子，自己吓唬自己的人还真不少。这类人表面强大，气势汹汹，其实胆子很小，总怕人家来侵犯他。其实完全是捕风捉影，自己吓唬自己罢了。

真人不露相

一位商人向一位心理学家说：

你们读书学习有什么用？我从小不读书，做生意照样发财，生活比你们过得还好。

心理学家笑而不语。

一天，这位商人听两个中学生在讨论爱因斯坦的往事。他听到有"斯坦"两个字，立刻就说：爱因斯坦不是人名，是地名，就在巴基斯坦旁边。

两个中学生一阵大笑，笑得前仰后合，嘴都合不拢了。就问那商人：你知道巴基斯坦在哪儿吗？

商人说：欧洲，欧洲，靠近巴黎，否则它怎么会叫巴基斯坦呢？

有一天，两个同学在讨论林则徐禁烟的事。商人在旁边插了一句：林则徐吗？是我的叔叔，他姓林，我也姓林，五百年前是一家。林则徐去美国留学，学问可大哪，孙中山起来革命，他俩是好朋友。

两位小朋友说：你今年多大啦？

商人说：52岁。

两位学生说：不对，你今年至少152岁了。

商人说：不会的，不会的，我活不了那么大岁数。

小朋友说：会的，会的。你今年不是52岁，是5岁，要不，你那么天真呀。

商人说：谢谢，谢谢。

小朋友说：你还知道羞耻呀?

商人说：是的，修齿，我有两颗牙齿坏了，明天就到医院去修牙齿。我现在的牙齿是假牙。

小朋友说：你是假牙，还是假人?

商人说：我是真人，不是假人。

小朋友说：

真是"真人不露相"呀!

童叟无欺

一位卖南货的商店门堂里高高写着"童叟无欺"的字样。

价目表上写着：

白菜两块钱一斤

茶叶50元一两

……

一天，一个小孩去买菜，店员称了一斤，说2.5元。小孩子不知道，就照付了2.5元。

一位老年人去买茶叶，称了四两，店员说55元一两，四两220元。

老人说：价目表上明明写着50元一两，你为什么问我多要钱？你们不是写着"童叟无欺"吗？怎么欺侮老人，刚才我还看见你们向买白菜的小孩多要了钱。

店员说：没有呀！童叟无欺，老人和小孩一个样呀！

大鱼吃小鱼

大鱼吃小鱼，
小鱼吃虾米，
一目吃一目，
也就是所谓的"弱肉强食"。
不过，
鸡、鸭、猪、鱼，
天生是让人吃的，
它们给食客以新鲜美味，
就是它们最大的贡献。
但是人则不然，
人为刀俎、我为鱼肉的日子已经过去，
谁还想维持老皇历，
就必然碰一鼻子灰。

六不像

小侄问爸爸："爸，听说世界上有一种动物叫'四不像'，有吗？"

爸说："有，这种动物的角似鹿非鹿，头似马非马，身似驴非驴，蹄似牛非牛，四不像，实际就是麋鹿。"

小侄问："人有没有四不像？"

爸说："有呀！你说他是国家的总统吧，又是一个商人；你说他是一位尊贵的领导人吧，一言九鼎，说话算数，他却信口开河，今天这样说，明天那样说，不知听他哪一天说的好；你说他有很多盟友吧，他又处处设防，唯我优先；你说他热心公益事业吧，他又一会加入，一会退出，唯我的意志为转移。你说这个人不是不四不像？"

"那么一个国家有没有四不像？"小侄紧跟着问。

爸爸略一思索，说："有，怎么没有？你看有的国家，说它是大国吧，又很小气；说它是强国吧，却又害怕小国、弱国；说它主张和平吧，又天天在搞扩军备战；说它是广交朋友吧，又四处搞制裁；说它是很民主吧，又在搞种族歧视；说它很富有吧，却又贫富悬殊。"

小侄说："不要再说下去了，已经说了六个方面了，不必再多说了。"

爸说："那就叫六不像吧，比四不像还多了两不像。人比动物总要聪明一点，所以加了两样。"

爷儿俩在哈哈一笑中结束了这场讨论。

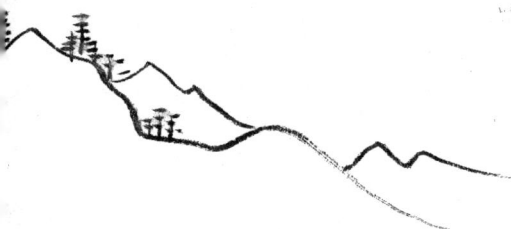

四 探索

留什么

人老了，在世的时间不多了，总想留一点东西给后代。

留什么呢？老人犯了愁。

留钱财吧！孩子们都有工作，都有收入，不缺钱，他们不要我的钱。

留房子给他们吧？孩子们都有房子，够住的，不要我的房子。

还留什么？留权势？那是荒唐，我既无权又无势，怎么留给他们权势！

那究竟留给他们什么呢？

一次，爷爷不经意地问了一下孙子小超，我将来留给你们什么好？

没想到孙子说了一句："留给我们一点困难吧！"

"呀！什么？留给你们困难？"爷爷听了孙子的话一时竟不知所措，心里有点忐忑不安。接着就问："为什么呢？"

孙子说："我的意思是，您不要留给我们太舒适的环境，您可以留一点困难给我们，就是说，让我们经过努力奋斗，迈上成功之路。如果让我们太舒服了，我们就不努力了，我们就会懒惰了，什么事也不干，坐享其成，将来能做出什么事业来？留给我们困难，就是为我们自强不息铺路。"

孙子的一席话，让爷爷顿时猛醒，原来留给困难才是一个宝，我的孙子有这样的意境，我倒真是没有想到。

孙子接着说："老祖宗的功绩是老祖宗的功绩，与后代无关，不要靠祖上的余荫，自己的路自己走。"

"那你要我留给你们什么困难呢？"爷爷进一步问孙子。

孙子说："很多呀！比如说，你要求我多读一点书，规定在几年内读完几本经典著作，并且要写出学习笔记、心得体会等。又比如，要求我几年以后能有一本创作，要有新的见解。又比如，叫我节省一点开支，每年拿出一点钱来捐助灾区或边远困难地区，等等。"

爷爷说："对！对！现在我先给你一点困难吧，就是你每天上下班不要开汽车了，你就走去走回吧，每天步行来回两万步，也不过一个多小时，是完全叮以做到的，这既锻炼了身体，也锻炼了意志，行不行？"

孙子哈哈大笑："这怎么不行？完全可以。"

从第二天起，孙子还就真的不开车上下班了。

爷爷看到了这种情况，高兴地说："要坚持。"

鲍鱼之肆

　　鲍鱼就是咸鱼，既有点腥臭，又有点香味。人在鲍鱼店里待久了，闻到的咸鱼味多了，就不觉得咸鱼臭了。有一句俗话叫"如入鲍鱼之肆，久而不闻其臭"，为香，是香饽饽呢！

　　忽然想到那些所谓的酒肉朋友。酒肉也能成为朋友吗？不可能，酒肉是酒肉，不是朋友。吃过酒肉，成为粪便，臭不可闻。他们之所以能成为朋友，大概就是所谓的"臭味相投"吧！

没有完成式，只有进行式

人生像走路一样，永远也走不完。

今天到了杭州，明天到了神户，后来到了西雅图，大后天则到了伦敦，这只能说你到了某一个地方，也只是某一个目的地，不是全部。但你走遍全世界，所有的地方吗？不可能呀！你能举出哪一个人踏遍了世界每一个地方吗？没有吧！

中国共产党进行长征，到达了革命圣地延安，1949年成立了中华人民共和国，我们的革命完成了吗？完成了，也没有完成，只是阶段性的完成，我们要建立一个共产主义社会。

正如革命前辈孙中山说的："革命尚未成功，同志仍需努力！"即使成功了也还要努力，不可能一劳永逸，何况我们的革命还远未完成。

世界上的事都是进行式，没有完成式，我们永远走在长征路上。

奉献"十端"

中国是一个文明古国，自古以来都很重视为人之道，即人的处世之道，涉及品格、作风、事业、学习、待人、国际交往等许多方面。这方面的论述很多，读了非常有益，笔者不辞浅陋，积数十年学习、工作、处事的经验，也提出了一些为人之道，一共十项，就叫它"十端"吧！

一身正气。正气就是正直、正义、正道，其理自明不用多解释了。

两袖清风。就是清正廉洁，只有正直的人才能廉洁，不正直的人是不会廉洁的。

三省吾身。一天对三件事作反省，其实也不一定是三件事，可以是一件、两件事，也可以是四件、五件事，总之是与你相关的事。

四季常青。一年四季，春夏秋冬，每天都有自己要做的事，不能吃闲饭呀！

五彩缤纷。只有五彩缤纷，才能丰富多彩，令人欣赏，发展进化，不能墨守陈规，几十年一贯制。

六种欲念。一般指忠、孝、仁、信、礼、义。忠于国家，孝顺父母，仁慈关爱，树立信誉，文明礼貌，朋友义气。

七种感情。就是高兴、愤怒、悲伤、恐惧、爱情、痛恨、欲念。每个人都会有这七种欲念，各司其责而已。

八方支援。互相帮助，共渡难关，一荣俱荣，一损俱损。

九九艳阳。天气晴朗，一片和平景象。

十指连心。团结一致，走向胜利。

有这"十端"和无这"十端"，大不一样。

荒山秃岭也能变成金山银山

王小普问宋老师："绿水青山，就是金山银山，那荒山秃岭怎么办？就让它永远荒下去、秃下去吗？"

"不，绝不是这样的！"宋老师解释道，"绿水青山就是金山银山，这是一种譬喻，意思是绿水青山要充分利用，使它变成金山银山。如果不开发，不利用，它仍只能是绿水青山，供人欣赏而已，不能变成金山银山，改善人民的生活，也就是利用绿水青山发财致富的意思。

"同样的道理，荒山秃岭，如果给予很好的开发，种上各种庄稼，生产粮食和各种农作物，发展副业，同样也能增加收入，变成金山银山，发财致富。

"譬如山西首阳的虎头山，本来是三面秃岭一面沟，什么也不长的荒山秃岭，但陈永贵带领大家，战天斗地，开山、拓地、垦荒，在山坡上种了粮食，硬是改变了穷荒山的面貌，使当地群众改善了生活。"

"当然，陈永贵也有缺点错误。"宋老师补充说，"但是人非圣贤，孰能无过？陈永贵一介农民，他的文化程度不是很高，但他带领大家翻山越岭，发展农业生产，这也是事实，是有功劳的，不能特求于人，求全责备呀！"

红花绿叶

小朋妈带着小朋到公园去玩。

看见好多花，红的、白的、黄的、蓝的……多么鲜艳呀！而小朋却特别喜爱花旁边长的绿叶，抚摸着绿色的叶子，不愿释手。

花的海洋，其实也是绿叶的海洋。可人们为什么不说绿叶海洋，而只说花的海洋呢？难道只有花美丽，绿叶就不美丽吗？从古以来的诗人描写花的不少，可有谁描写过绿叶呢？恐怕是因为花比较显眼，而绿叶只是陪衬，不为人满意吧！

其实，红花需要绿叶扶持。光有红花，而没有绿叶，就会显得单调乏味。演戏也是这样，只有主角，没有配角，能演出一场好戏吗？不能吧！

千万也不要忘记那些绿叶、配角、小人物。

绿叶身居帮衬而不自卑，它自始至终总是陪伴着红花，以自己的卑微显示出红花的高贵。但是如果没有绿叶，恐怕也显不出红花的美丽来。

绿叶虽然渺小，但它的宽容却显示了它的伟大。

盖棺不能定论

古时候，人死了，装进棺材，钉上了棺材盖，这个人的一生就算盖棺定论了。

现在不同了，盖了棺不一定能定论，还可能对他的生平另作评论呢！

其实，盖棺不定论，为死者翻案的事，并不是现在才有，而是自古就有。古时候一些学者、学问家，成天干什么，就是对比他还要早的人评头品足，说三道四，作出许多评价。这其实是一种学问，有些人在当时当地限于各种环境，刚死时并不能对他作深入的剖析、评价，只有在过了一段时间以后，才能作出比较客观公正的剖析、评定。这也很正常，就像孔子也说，他60岁的时候还在研究59岁时说的、做的是不是对呢！对的坚持，不对的就修正。这是认识上的一种进步，丝毫不会损害他的伟大、尊严，反而更加受人尊重了。只有大无畏的人才能承认自己过去的错误，修正自己的错误。

不过，对人对事的评价，还是应该有一个基本的看法，不能救全责备。哪一个人没有缺点错误呢？一个人做了很多好事，对人民作出了重大贡献，推动了历史的前进，即使有一些缺点错误，他还是是伟大的、正面的，其负面的影响终究是居于次要的地位。

如果一个人有了一点缺点错误，就抓其一点，不及其余，全盘否定，那以后还有谁愿意做事？做了事就会犯错误，不做事就不会犯错误，大家就都不做事了。其实不做事就是最大的错误，比做了事犯了错误还要错误。

既生瑜，何生亮

三国时期，东吴的周瑜和刘备的军师诸葛亮联合起来抗曹，凭了预测天气变化（即所谓"借东风"），烧毁了曹操的许多船只，取得了很大的胜利。

周瑜在与诸葛亮的这次合作中，深感诸葛亮这个人才学兼备，胜过自己，心怀妒忌，他高叹说："既生瑜，何生亮！"既然上天生了我周瑜，又何必再生一个诸葛亮呢！

传说中诸葛亮三气周瑜，周瑜郁郁而死，究竟事实是否完全如此，也只有让专家去考证，我们暂且不论。

其实，周瑜也是一个极有才智的人，年纪轻轻就当上了东吴的将军，打过不少胜仗。但是他心胸偏狭，只许我强，不许你强，本来吴蜀两家联合起来，还有许多挫败曹魏的机会，却因个人的嫉妒，吴蜀分手，各自为政，结果被曹魏各个击破，功败垂成。

一个真正伟大的政治家，应该是目光远大，高瞻远瞩，看重全局的人。如果只是小肚鸡肠，计较个人得失，就必然导致失败。

周瑜的智能不一定不如诸葛亮，他的失败在于他的气度上。

做梦

梦是什么？
梦是一种幻觉，
一种浮想，
一种联翩，
一种刹那，
一种重复，
一种直播，
一种反思，
一种警示。

总之，
梦是现实生活的一部分，
日有所思，
夜有所梦，
它不是空谷来音，
空穴来风，
它和做人做事有密切关系，
人们往往以此为鉴，
不敢胡作非为，

胡言乱语，

深怕晚上做恶梦，

天不怕，地不怕，

做恶梦最可怕，

这是梦的一大功劳。

想做好梦，

就不要做坏事，

做了坏事，

就要做恶梦，

坏事做绝，

一脚踏空，

命归黄泉，

就叫作黄粱一梦。

大梦

过去有人说：

"人生若梦。"

带有个人的消极情绪，

不足道。

现在不同了，

提倡做人生的大梦，

国家的大梦，

世界的大梦，

实际是借梦说事，

一下子把梦的地位提高了，

赋予了梦以积极的现实意义。

弗洛伊德说：

"梦是愿望的达成。"

一个伟大的政治家，

心胸坦荡，无私无伪，

他所做的是功在千秋、利在万民的大梦，

符合人民的利益，

他的愿望一定能够达成。

而一个卑劣小人，心怀叵测，妄想做征服梦，

违背人民的利益，

他的愿望永远也不能达成。

好事多磨

好事需要多磨，
多磨比不磨、少磨好。
不磨或者少磨就办成好事，
好事太容易了，
也就不称其为好事了。

什么叫磨？
磨就是琢磨，
就是钻研，
就是实践，
就是反复，
就是效法，
就是追求，
就是毫不放松，
就是矢志不渝。
费了很大功夫琢磨，
办成了好事，
才觉得它珍贵，
爱不释手了。

相爱

中国古代哲学家墨子说："大不攻小，强不侮弱，众不劫寡，智不欺愚，贵不傲贱，富不骄贫，壮不夺老。"这样天下才能相爱。这是中国人传统治国平天下的理念。直到现在，我们还说："我们永不称霸，将来强大了，也不称霸。"

不知道墨子的书是否传到国外，我想肯定是传出去了。但传出去了，人家不一定读；读了，不一定理解。其实这是伟大政治家的必读之书。

别看外国的有些总统、总理什么的，职位很高，学历很高，什么博士、教授等等，他们不一定读过这些书，即使读过，也是一览而过，无动于衷，对自己的思想、行动毫无帮助，以致作出一些荒唐的事来。

我倒是想奉劝外国人多读一点中国的书。

知人·知己

老子说：
"知人者智，
自知者明。"
现在有些人，
既不知人，
也不自知，
却自称智者，
处理着国家、世界的大事。

首先要知道自己几斤几两，
然后才能和人相较量。
连自己几斤几两都不知道，
还想和别人较量呀！

知己知彼，
百战不殆，
不知己不知彼，
何以取胜？

一帆不一定风顺

一帆风顺，

还不如一帆不风顺。

一帆风顺就不知道困难了，

一帆不风顺才知道困难。

实际上一帆风顺的少，

一帆不风顺的多。

不要只是祈望风平浪静，

要乘长风破万里浪，

赶着长久的风破万里的波浪！

新闻

世界上每天都有许多大大小小的事发生，人们都很想知道，这一天世界有些什么变化呀？出了什么新鲜事呀？新闻就是向人们提供这些新人新事的。报纸、电视、电台、手机、网络等，都是提供新闻的有效工具。

新闻报道大体有两种：一种是注重时效，一种是注重真实。

注重新闻时效者，一看见新鲜事就立即播出，唯恐漏掉。持这种观点的人认为，新闻、新闻，就是贵在一个"新"字上。有了新闻不立即播放，到后来再放，就不是新闻，而是旧闻了。

持新闻真实性者则认为，播送新闻贵在真实，你播送的新闻不是真的，是假的，小则误导群众，大则引起社会混乱，是不足取的。

这两种看法都没错，但也都有不足的地方。过于看重时效，而忽略了真实性，确有误导之嫌。某电视台刚刚播出国外一位著名人士身体很好，随即接到信息说这位先生已经去世了，又不得不重新补报更正，弄得主播有点尴尬。

太注重真实性了吧，读者已经从其他方面知道了这件事，你迟迟未播，等到你播出已过时了，也影响到播送单位的权威性。

所以看来搞新闻工作殊非易事，既要掌握时效，又要掌握真实!

新闻应该是"新"和"真"的有机统一。新闻工作者要有高度的责任感，不要光顾时效，或者哗众取宠，甚至明知靠不住的新闻也播出，误导群众。有些提供信息的单位一贯提供假新闻，其中有某种政治目的，这不足取。新闻工作者播放时一定要十分慎重，不要被提供假新闻者牵着鼻子走，造成被动。

注重真实性的同时也要注重时效性，为了真实而不顾时效，也会失去许多观众。

新闻报道者要有一定的鉴别力，不要轻易信以为真，真的不会是假，假的不能成真，其实不用多久，也就弄明白了。

婚姻一词在辞典上应该改写了

辞典上对"婚姻"二字的解释，一般都是：婚姻是男女二人之间结合成夫妻。

现在不同了，有了同性恋，同性也可以结婚。现在有的外国辞典已经改了，不说"男女二人"，而只说"一个人和另一个人"，不说性别了。

男女结婚才能生育，同性恋是否能够生育？这一条，现代最新辞典上没有提，恐怕也应该说清楚。

一句顶永世

小苏问爸爸：

"有人说：一句顶一万句，是真的吗？"

"真的，不要说一句顶一万句，一句能顶十万句、几十万句，顶永世哪！"

小苏问："哪些话能顶那么长远呀？"

爸说："这样的话还不少，我给你举几个例子吧！

范仲淹：'先天下之忧而忧，后天下之乐而乐。'现在还有人在传颂。

毛泽东：'为人民服务。'什么时候能不为人民服务？

（英）培根：'知识就是力量。'绝对真理。

（法）鲍狄埃：'起来，饥寒交迫的奴隶，……团结起来到明天……英特纳雄耐尔就一定要实现。'现在成了《国际歌》。"

小苏说："不过有的人说话不算数，一句顶不了半句。"

爸说："是呀，说了等于没有说。"

品茗·品读

"茗"就是茶叶，品茗就是品尝茶叶。

茶叶有好多种，不同的茶叶味道不同。有绿茶，有红茶；有的味道浓，有的味道淡；有的味道清，有的味道香；有的味道"长而不厌"，就是味道长久，越喝味道越好，能长久喝下去。

以品茗来比喻品读，也是如此。对于一些重要的好书，要精读，也就是品读，读出它的味道来，读出它的精义来，读出它的要旨来，而不是浅读辄止，还没有弄明白书中的要旨就放下了，这是读不懂这本书。

现在有些人读书，特别是对于一些比较厚的书，不能认真地看，反复推敲，而是一看而过，就像吃快餐式地、蜻蜓点水式地看过去，一目十行，根本没有用心去读，怎么会有心得呢？这样读书有什么用，读了也等于没有读。这是说读书要有深度，掐头去尾要不得。读书，学习，必须从头到尾，看完全了，才能弄清楚作者写的是什么，绝不能掐头去尾，把全文全书的意义弄错了，甚至弄颠倒了，这非但是对作者的不尊重，更是对读者的不尊重。所以人们在引用别人的讲话或书文时必须十分慎重，不能随心所欲，掐头去尾，误导人们。这既是一个责任问题，也是一个道德问题。

再是说久度，就是要持久，持续地读书。书就像一个聚宝盆，今天放一点钱进去，明天放一点钱进去，积少就能成多了。读书也是一样，今天读一点，明天读一点，天天读，年年读，你就读得多了，知道的事情多了，知识面宽了，你的思想就宽了，你就更加自由，更加自信了。

越读书脑子越灵，脑子是人体的一部分，人体的其他部分需要锻炼，脑子就不需要锻炼了吗？不，很需要，十分需要。而读书就是锻炼脑子的好办法。不读书，什么也不想，脑子就不灵了，空洞了，麻木了。所以说"活到老，学到老"，只听说人是病死的，没听说人是学死的。读书帮助你活跃脑子，是一种极好的利脑药。

最后是活度。读书要联系实际，用来解释现当代许多事物，这就叫活学活用，古为今用，善于处理各种事物。读书终究不是摆饰，读书是为了用的呀！

是办学不是开店

"打倒孔家店"，

有一点偏激。

孔子办学，是搞学问的，

不是开店、卖商品的。

办学，传授知识，不是为了赚钱。

春秋战国时期各家学识传授千年，

难道后来的读书人都是傻瓜，

在做徒劳无益的事吗？

需知我国几千年来的传统文化就是靠这些人流传下来的。

没有这些人还有什么传统文化，还有什么中国。

说取其精华，弃其糟粕可以；说打倒孔家店则不可。

大文学家托尔斯泰说：

"教育人民有三种东西是必要的，

第一是学校，

第二是学校，

第三还是学校。"

孔子有弟子三千人，

贤人七十二，

难道不是办学吗？

"去其害马者而已矣"

相传中国上古时期，有一次黄帝出巡，到具茨县的山上去拜访一位隐士大隗。快到了却迷了路。黄帝看见一个正在放牧的少年，就问他知道具茨山吗？少年说知道，就告诉他具茨山的方向。黄帝又问他，你知道大隗这个人吗？少年说：知道，他就住在山的那一边。

黄帝觉得这个少年气宇不凡，就有意进一步问他：你知道怎样治国吗？

少年说：那有什么难？不就和我放牧一样吗？

黄帝看出这个少年很有底气，就进一步问少年：究竟怎么个治法呢？

少年不慌不忙地说：去其害马者而已矣！

就是去除危害人群的坏人，国家就好了。

黄帝听了顿时感动，连忙滚鞍下马，向那个少年叩头致礼，说：你说到点子上了！

登高望远

阴历九月初九，是重阳节。

为什么叫"重阳"呢？"重阳"就是指天。古书上说："积阳为天，天有九重，故曰重阳。"

重阳节要登高。

不管这个词句来自何处，内涵如何，迷信不迷信，但这是一种善意。阴历九月初九，天气将寒未寒，说热已经不是很热，正是一个风和日丽的艳阳天气，便于大家出去旅游。

登高，只有登上了高峰，才能纵观一切，博览无遗，心旷神怡，尽情享受，这是人一种最大的乐趣。

登高就是付出。在平地逐步登上高山，一步一个脚印，不能一步登天呀！有低才有高，有卑才能尊，全靠自己脚踏实地地一步一步走上去。一步登天的事是没有的。

破冰

冰成于水而坚于水
青出于蓝而胜于蓝

并不是说冰就比水优越
青就比蓝好看

不是叫大家都把水变成冰
蓝变成青

不是的
冰和水
青和蓝
各有各的特色
各有各的用处
蔚蓝色的云彩比单纯的青天更美丽
在清纯的海水里游泳与在冰上跳舞，同样是一种享受
只是各自展现
各自发挥自己的功能

但是没有蓝就没有青

没有水就没有冰

不要因青出于蓝而蓝就高傲

冰成于水而水就自豪

也不要蓝被青代替青就傲慢

水结成了冰而冰就自满

这只是物种的变换

自然现象而已

人也是这样呀

老师培养了学生，学生超过了老师

不能说，老师不如学生

正因为这样

一代比一代强

才推动了社会的进步

捕风捉影

人们明明知道风是逮不到的，影子是捉不着的，然而还是有人做出许多捕风捉影的事情来。

有人说，在长江某个地方，有一个庞然大物浮出水面。许多人，甚至有科学家，都认为这是一头怪兽。人们花了很大力气把它捞上来，原来是一个臭水囊。

有消息说，某个地方降下了一个外星人。有人跟踪去看了，原来只是天上掉下的一块微小的陨石。

外国有所谓"愚人节"，更是公开的捕风捉影，逗人乐而已。

天上掉不下馅饼来。

水不能变成油。

缘木不能求鱼。

风是捕不到的。

影子是捉不到的。

没有调查就没有发言权。

好，你就去捕风吧！就去捉影吧！看哪一天你真的能够捕到风捉到影，我就十二万分地佩服你。可惜这是办不到的，只是作茧自缚而已。

摒弃捕风捉影，代之以真实可信。

简单·复杂

简单比复杂好，
简单并不是简陋、粗糙，
简单是更细致，更精练。

简单容易使人明白，
复杂令人眼花缭乱，不知所措。

人们都喜欢简单，
不喜欢复杂，
任何复杂的事都可以变成简单。

不要太故弄玄虚，
把原本很简单的事搞得很复杂，
还是要化繁为简，
简单一点的好。

谁能把世界上的事搞简单一点谁就有本事，
谁把世界搞得越来越复杂谁就越没本事。
天下本无事，
庸人自扰之。

老生新谈

有一句俗话"老生常谈",意思是有些话说得多了,听得多了,人家就厌烦了,不想听了。

其实"老生常谈"是对中国传统和近现代优秀文化的一种传颂和延续,是金玉良言,无价之宝,每一个人都是不可或缺的。例如人们常说的道德、仁义、忠信、理义、爱国、勤奋、礼貌、廉洁奉公、全心全意为人民服务等等,这些话都是每一个人要时刻铭记在心的,能够不常谈吗?有些人正是因为心中没有这些概念,才作出一些荒唐的事情来,给国家、社会造成许多损失。

老生常谈是中国人数千年来丰富经验的积累,绝对不能小看了它。切实遵循一些老生常谈,有时候比法律、法令给你的制约功能还要大。如果没有这些老生常谈,国何以堪,民何以堪?

老生常谈说的不是老话,它的内涵永远是新的。要把老生常谈变成老生新谈,深深地印记在每一个人的脑海中。

九九归一

九九归一，本来是珠算中归除和还原的口诀，后人借用为转来转去最后又还了原。也可以借用为尽管原来意见不同，但最后认识趋于一致。

只要世界上有两个人，就会有不同意见，何况世界上有六七十亿人，其不一致可想而知。

不一致，一般说来，不太好，因为它办不成事。你向东，我向西，怎么能到达同一个地方？所以大家都希望一致，一致了什么事情都好办。

然而要各方意见一致，并不是太容易。你认为这样好，他认为那样好，究竟怎样好，还是要靠实践来检验。

但是实践了，人们的认识仍不一致，那怎么办？有两种办法，一种是压服，一种是说服。压服容易得很，制裁、处罚、恫吓、讨伐等等，都能使对方屈服。表面一致了，实际并不是真一致，而是假一致，将来必然有反复。

说服，就是通过讲道理，用事实说话，和善而不是粗暴，耐心等待，使对方自觉与你取得一致，这才是真服，不是假服，是真一致，不是假一致，以后不会有反复。

说服是一项高超的处世艺术，是一门大学问，真正掌握这一门学问的人并不多。我国历来就都是讲说服而不主张搞压服的，有理讲理，慢咽细嚼，慢慢消化，心平气和，就能顺利解决问题，逐步取得一致。这种做法能够取得世界有识之士的共鸣，得到人们的支持，行之有效。

其实世界上的事不一定都要取得一致，不一致又何妨呢？实际上世界各国由于国情不同，不可能所有的意见都一致，求同存异，找出共同点，保存不同点，你发展你的，我发展我的，有传统，有现代，这样的世界才丰富多彩。水也是要活水，不要死水，才能有活力、有生气，否则就不那么吸引人了。

痛定思痛

痛定思痛，从字面上解释，就是悲痛的心情平定以后，回忆起以前的痛苦。

哪一个人没有遭受过痛苦呢？你难道一直一帆风顺，没有遭受过一点挫折吗？不可能。

受了痛苦，忘记了，不思进取，你必然会再遭受痛苦。受了痛苦，常常想起痛苦，痛定思痛，奋发图强，就能避免痛苦，这是人生的必然。

不怕遭受痛苦，就怕忘了痛苦。

中国人要是忘记了曾经丧权辱国的痛苦，就不会站起来，成就今天的新中国。痛定思痛，才会有我们强大的今天。

痛定思痛，哪里跌倒哪里爬起来，这是一个传家之宝。

贵族

近代以来，
一些国家的国王制度已被推翻，
而有一些国家的国王制度还继续存在，
只是并没有太多实权，
大多是礼仪性、象征性的，
这由各个国家的国情决定，
旁人无权置喙。

有趣的是，一些国家经过革命，
国王被推翻了，
贵族制度被消灭了，
但人们似乎还惦念着这些国王和贵族，
不少的大公司、大饭店、大商场等，
竞以国王、贵族命名，
以显示其豪华、高贵，
看来人们对国王、贵族的印象还不坏，
还想着他们，
还叫他们回来吗？

志向

每个人都有志向，许多人从小就立志。

有的人从小立大志，将来要做一番大事业，轰轰烈烈，热热闹闹，流芳百世。这当然好，谁不想流芳百世，名传千古呀！

但是，这仅仅是一种志向，等你真正走上社会，很可能是另一种景象，可能会遇到许多阻力，你的志向不能顺利实现。

这其实很正常，就看你的忍受能力和坚强的决心啦。有志者事竟成。

一个人的志向要立得高一点，但也不一定很高。要根据本人的实际情况，以一个人的智力、能力、体力、爱好、习性、环境等等而定。许多客观因素，对你立志都有很大关系，一定要实事求是，量力而行，经过努力奋斗，可以达到的，而不是一味地求高求大，好高骛远，再怎么努力也达不到。

其实，一个人的志向不见得越高越大越好，做小事为什么就不行呢？只要你真诚努力，全心全意为人民服务，使人们得到实实在在的好处，就都是有意义的，人们就会感谢你。譬如在舞台上，演全本《三国演义》，场面壮丽，激烈伟大，让人眼花缭乱，美不胜收，这当然好。但如果你演一些小戏，即所谓的折子戏，只是简单的两个人的故事，比如梁山伯与祝英台，张生与莺莺、红娘的故事等，也能演得丝丝入扣，动人心弦，令人陶醉，效果很好。

跟风

一旦新的风尚、潮流出现，就必然会有人跟风。

见到有人把黑发染成黄色，觉得很好看，就把自己的黑头发也染成黄色。

见到有人在一条齐整的裤子上打一个补丁，觉得很新鲜，就在自己的新裤子膝盖上也剪一洞，再做一个补丁。

见到有人纹身，觉得很新奇，就在自己的皮肤上纹上一个。

为了减肥，不吃饭或少吃饭，不吃荤，只吃素，结果是人瘦下去了，但却得了营养不良症，成天懒洋洋的，什么也不想干。

这些都叫跟风。

其实跟风之事不是现在才有，古已有之，例如所谓"东施效颦"等等，今人也只是模仿而已。

如果这一类跟风的事只是发生在个别人身上，并不违反法规法纪，倒也无妨，这是个人自由，谁也管不着，谁也懒得管。

但有一些跟风则不然，例如爱财，敛钱。人家发财了，我也要发财。于是跟踪模仿，人家怎么做我也怎么做，管他什么道德不道德。逐渐在社会上形成了一股追求发财风，爱财如命，脑子里只有钱，只想钱，不想别的，唯利是图。这就把社会搞乱了。一个只讲钱、不讲公共道德的社会是不能持久的。

凡事自己要有定向，不要随便跟风。

一叶扁舟

春秋末期越国大夫范蠡，帮助越王勾践，打败了吴国，达到了报国雪耻的目的。但他功成之后就离开越王，与西施"乘扁舟浮于江湖"，在海边生活，还施舍给贫困居民。

宋朝大文学家苏轼在他写的《前赤壁赋》一文中说，他与客人"渔樵于江渚之上，侣鱼虾而友麋鹿，驾一叶之扁舟，举匏樽以相属"。

这两个人的共同特点是，居高位而不恋栈，心胸旷达，摆脱世俗，出污泥而不染。这种胸境说起来不难，做起来却并不容易。孔子说："道不行，乘桴浮于海。"也是出于一种无奈吧！

扁舟的能量很小，就和我的大脑一样，装不了多少东西。但随着年龄的增长，耳濡目染，时刻在脑海中回荡，把所见所闻写出，与人们共享，也不失为一件好事，于是我这样做了。古人乘一叶扁舟，我则仿照此意，写了一些小书。当然，一本的能量是有限的，我既不看重，也不淡化，却起到了发抒和陶冶心情的妙用。

五十步笑九十步

　　有人走了五十步没有登上山顶，有人走了九十步也没有登上山顶。走了五十步的人讥笑走了九十步的人说：你走了九十步也没有登上山顶，有什么用？不是跟我一样吗？

　　然而，这是不一样的，你走了五十步，人家走了九十步，人家毕竟比你多走了四十步，更接近山顶，而你离山顶比他远。

　　每一个人都要尽力登山，但不一定每个人都能登上山顶，因为有各种各样的原因。

　　每一种比赛主要不在于是否能拿上冠军，而是比一种意志。

上天入地

"上有天堂，下有地狱"，这是宗教用语。意思是你生前做了好事，死了就能进天堂，享受人间没有的快乐；而你做了坏事，死了就要进地狱，受到百般的折磨，无比的痛苦。

这是宗教劝人为善的一种心思，用意未尝不好。的确，有些人为了死后进天堂，活着的时候多做好事。至于真的死后是否进了天堂，还是进了地狱，谁知道呢？因为没有人真见到过，这只不过是一个臆想，或者说是一种信念。

尽管这句话的用意非常好，一些人也相信，然而世界上的坏人又不见少。有的人，刚刚到寺庙里去烧香拜佛，祈求自己死了进天堂，一走出庙门就干坏事，把进天堂或地狱的事，丢到了九霄云外。

有人认为人性本善，有人认为人性本恶，两种不同的认识。其实人的本性是善也好，是恶也好，这是天生的，自己无法选择。人性好的，本能地专做好事，不做坏事；人性恶的，本能地专做坏事，不做好事。所以需要教育，需要法律。看来教育和法律二者是世界上必不可少的。教育和法律既能让人进入天堂，又能让人进入地狱，教育、法律才是真正让人见得到、摸得着的天堂地狱。

画什么最难

学生问老师：画什么最难？

老师说：画人最难，因为每个人都长得不一样，世界上有七八十亿人，你能把每一个人都画得很像吗？

学生说：那有什么不可以？不管怎样，你能画出个人样来，人们知道这个人是人就可以！

老师说：那你认为什么最难画呢？

学生说：鬼最难画。你看见过鬼吗？你知道鬼是什么样的？

老师说：那倒是，没有见过。

学生说：人们一般都以为鬼很难看，很可怕，所以总把鬼画得很丑。其实不一定，有些鬼长得很漂亮，有些鬼装成人样，涂脂抹粉，让人一见就喜爱，最后鬼却一口把你吞掉了，你说可怕不可怕？

学生接着画了一个笑里藏刀的人给老师看，说：你看他是什么？

老师说：当然是人啦！

学生说：不，这不是人，他是装着人样的鬼，他手里的刀是要杀人的。

情商

　　情商，心理学上泛指一个人的情绪品质，及其对社会的适应能力，实际就是指人的自我感情的一种表达和发挥。

　　有的人热情高，助人为乐，情绪饱满，办事高效。

　　有的人比较孤僻，对人对事比较冷漠，没有朋友，独来独往，兴趣不多，情绪不高。

　　情商和一个人的性格有关，也是天生的，不能强制改变一个人的性格。

　　但是，情商也是可以在不断学习、不断实践中积累经验，逐步改变的。

　　当他遇到困难，得到别人的帮助，转危为安时，他就会觉得别人帮助的可贵，就会意识到自己"事不关己，高高挂起"的心态不对了。

　　当他总是郁郁寡欢，情绪低落，不善与人交往，慢慢地得了抑郁症，危及身体健康时，他就会觉得人不能离群索居，而逐渐变得乐于与人相交了。

　　当他帮助了别人，使人得到幸福快乐时，他会觉得自己做了一件好事，心情愉快了，深信自己做得对，别人快乐，我也快乐，以后还要这样做。

　　总之，情商既是先天的，也是后天的，学习是可以使一个人的情商更加健康，更加丰满的，这对于建立一个正确的人生观也很有裨益。

问问自己

我谴责社会上一切丑恶现象，
然而我自己呢？
我痛恨世界上一切愚昧落后，
然而我自己呢？
我愤慨人世间一切不公平，
然而我自己呢？

我只想自己发财致富，管他什么损人利己，
我只想自己少付出一点，多得到一点，
我只想自己高人一等，地位高一点，收入多一点，工作少一点，责任轻一点。
啊！世界上一切丑恶、落后、愚昧、不公，都是对人家说的，不包括我自己，问问自己吧！

压力

压力，本来是一个物理学上的名词，意指垂直作用于物体表面的力，现在也应用于对人施加的力。

当今竞争时代，大家都想把工作做得很好，都想超越，否则便有落后、被淘汰的危险，所以每个人都有很大的压力，有上级的压力，也有自身的压力，往往把人压得喘不过气来。

压力能变成动力。从这一点讲，有点压力似乎比没有压力好。人往往有一种惰性，不给一点压力就容易懒散，工作就做不好，所谓不压不成材，人才是压出来，肥不是自然而然就成的，这可能是一些成功人士的共同经验，不二法门。

但是压力不能太大，就像自行车的轮胎那样，打气打得太足了，是要爆的。一个人的能力有限，压力太大了，身体能量承受不住，就会出事。一些人就是由于压力太大而生病，甚至猝死，非常可惜。

既要施加压力，又不能压得太重，这是一门领导艺术。对于个人来说，既要承受压力，也要在能承受的范围之内，量力而为，尽力而行，打持久战，不是一锤子买卖。

学国学

国学是一个国家传统的学问，

也可以称之为"国粹"。

我们国家的国学，

历时几千年，

博大精深，

光辉夺目，

启迪人智，

传播久远，

取之不竭，

用之不尽，

是我们国家的宝贵财富，受到全世界人们的尊重。

近年来我国人民越来越懂得学习国学的重要性，

正在逐步兴起一股国学热。

数典不能忘祖，自己国家的传统学问应该很认真地学习！

国学的内容很广泛，诸子百家的学术、思想、观点、理论等，

政治、经济、军事、文学、艺术、哲学、科学、医学等许
多方面，

都是学习的内容。

传授国学的老师受人尊敬。

传授国学应该注重实际，而不在于形式，
例如上课时老师和学生都穿上古人的服装，
偏重于死记硬背而缺少解读，
读书时摇头晃脑，装腔作势，
搞过去那种陈旧的拜师规矩，
闭门教育而不是公开亮相，
有的在国学讲座中推销有关商品，那就更有点变味了。

学习国学不是为了学习而学习，
学习国学不是复古，
而是温故知新，
需要学用结合，
古为今用。

国学浩如烟海，丰富多彩，
学什么，
不学什么，
先学什么，
后学什么，
都要认真考虑，统筹安排，
郑重选择。

要加强对学习国学的领导，
改进学习的方式方法。
提高学习的效果，
使学生增加学习的兴趣，
主动学，自愿学，学有所得，
这应该是当前学习国学应有之义。

招聘人才

最近时期，一些地方都在进行人才招聘，这是一项目光远大之举。千重要，万重要，不如人才重要。

人才是个宝，有人才就有一切，没有人才就没有一切。俗话说："招财进宝"，应当把这个"财"字改为"才"字，有了人才还怕进不了宝吗！

目前一些地方招才之法，大多侧重在注重人才个人的生活方面，如提高个人的工资待遇，提供住房设备，调进家属等等，这些当然很重要，但是光有这些还不够。新中国成立初期，一些留学外国的高级人才，如钱学森、钱三强等等，从国外归来，他们不是冲着个人生活待遇来的。要说条件，那时候国外的条件比国内的条件好得多，而他们宁愿放弃国外的优越条件而回国，过着艰苦的生活，目的是参加祖国建设。当然，现在我们国家的情况与以前有了很大的不同，为了聘请人才，给予一些优惠条件也是需要的，但决不仅止于此，更重要的是要给他们提供适宜的工作环境，使他们能够充分发挥自己的才能，有所发现，有所发明，有所创造，即让英雄有用武之地。否则你给生活待遇再好，而他们的才能不能充分发挥，也无济于事。

目前各地招才，恐怕大多是招聘高级人才，不是指的中低级人才。其实，高级人才固然重要，中低级人才也很重要，没有高级人才不行，没有中低级人才也不行，不要小看了中低级人才，有许多工作都是中低级人才干的，没有他们恐怕也办不成事。在重视高级人才的同时，也要充分看重中低级人才，信任他们，重用他们，关心他们的生活，让他们充分发挥自己的才能。

对人才也有一个培养、使用、提高的过程，高级人才也都是从中低级人才晋升上去的，不可能一下子就成为高级人才。对人才的使用不能压力太大，要给他们一个自由发挥的余地，压得太紧了，这些人忙于应付，很难有所创造。譬如有的岗位人员老是配备不齐，把一些在职人员累垮了，就会影响全局。

领导要充分重视发现人才，培养人才，提拔人才。你看现在不行，说不定稍后就行了。不要把人才看得太神秘了，太高不可攀了，人才有很大的灵活性，今天不是人才，明天可能就是人才了，领导要善于提拔和使用人才，更大程度地发挥人才的作用，大家放心，领导也放心，这也是一种招才。

马首是瞻

古时候打仗，后面的士兵看前面主将骑的马。主将马头向前冲，士兵也跟着向前冲；主将的马头向后回，士兵也就跟着向后撤了。所以叫作马首是瞻。

古时候还有一个关于讲马的故事，就是老马识途。管子率师出征，胜利班师，却迷了路。管子说：老马识途。就放马走在前头，后面的人跟着走，终于回到了自己的国家。

马是一种交通工具，古时人常常骑马出门，或在马上驮着许多货物。马身强力壮，威武雄壮，吃苦耐劳。现在使用"马力"这个名称，作为功率的单位。

好马日行千里，跑得快，受到主人的钟爱。但好马也要有人认识发现呀。这就是所谓伯乐识马。千里马常有而伯乐不常有。有些好马和一般普通的马混在一起，不知道它能日行千里，只把它当一般的马使用，那就是糟蹋好马了，没有充分发挥千里的才能，非常可惜。

马首是瞻，实际是人首是瞻。马很重要，但终究是人指挥马，而不是马指挥人。人要马向前，马就向前，人要马回头，马就回头，一切以人的意志为依归，所以人的因素是主要的。不要管前面跑的是黑马还是白马，只要驾马的人方向正确，能带领大家，奋勇前进，就是好人骑好马，大家就拥护。

鸟之将死，其鸣也哀

有一句俗话："鸟之将死，其鸣也哀；人之将死，其言也善。"鸟快要死了，它的鸣叫，透露出一种悲哀，其他各种动物何尝不是如此。人也一样，临死的时候，说几句好话。

好人临死时说好话，这很正常，而那些平时专做坏事，临死时却说了几句好话的人，令人感到一种异样的难受。

谁叫你做那么多坏事呀！人们对你恨之入骨，你死有余辜，既有今日，何必当初！死到临头，还说什么好话！

其实，做坏事的人，他做了坏事，伤害了别人，他自己心里也并不踏实，深怕哪一天被查出来，就要判罪。大的罪恶连性命都保不住，成天提心吊胆，有的案子过了十几二十年，甚至三十多年才破案，总而言之是能躲过一时，躲不了一世呀！

坏人在临死时说几句好话，可能也是一种心灵上的自责吧！

世界上没有后悔药。如要不后悔，除非己莫为，这才是真谛。

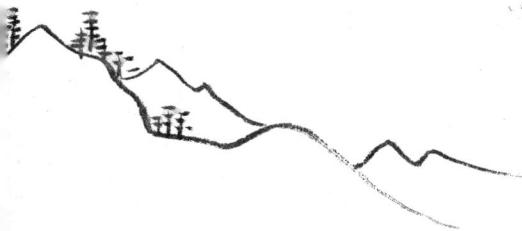

五 启 迪

生命的起源

当代英国古生物学家理查德·福提写了一本《生命简史》，引起巨大轰动。

这本书的副题是"地球生命40亿年的演化传奇"，就是讲了地球上各种形态的动物和植物40亿年演进变化的故事。谁不想了解它的究竟呢，这本书告诉了你许多秘密。

我浏览了一下，觉得此书之所以受到人们的广泛关注，主要有如下几个特点。

一是它的广泛性。他对古生物学的研究巨细无遗，从尘埃到生命，从细胞到躯体，从无生物到生物，从小小的三叶虫到爬行的野兽，直至横空出世的恐龙，从食草动物到哺乳动物，从海洋的鱼类登陆到人类的始祖——类人猿，以至人类的产生，无不涉及，这是一般的正史上从来没有过的，是一个巨大的创造和发明。他不仅仅是对这类生物作了生物学上的演绎，而且作了物理学、天体学等方面的考察，使人信服。

二是它的艰巨性。古生物离现在已经很远很远，据作者所述已经有40亿年，本来是一项很枯燥乏味的研究，一般人视若畏途，而作者对此却兴味盎然。他从18岁起，作为一个剑桥大学的学生，开始了人生第一次探险旅行，他日常接触到的无非是一些残存的生物化石，深嵌在岩石中的贝壳，深海里的礁石，北极燕鸥在冰海上留下的彩色粪便。他跋涉在广阔无垠的沙漠和冰川中，冒着各种风险，乘一叶扁舟，狂游四海，置生命于度外，不放过任何一种可足研究的资料，这种精神非常值得钦佩。

三是它的趣味性和可读性。这本书不是简单地记述各种生物的发生和发展的过程，而是像小说一样，描写各种有趣的故事，文字生动，趣味横生，以第一人称直白各种生物的变化发展，令人心动。他不仅是一位杰出的古生物学家，也是一位小说家、文学家、作家。他的才华是多方面的，令人钦羡。

诚如作者所说，本书写作于 20 年前，从那时到现在又有了许多新的发现。这本书没有结束，人类对古生物的研究也没有结束，而且永远没有结束。我对古生物学一窍不通，读了本书也增加了不少知识，开卷有益！

大国兴衰

读了英国著名历史学家保罗·肯尼迪的近著《大国的兴衰》，颇有教益。

这本书有一个副题是"1500—2000年的经济变革与军事冲突"。全书主要讲的是西欧从文艺复兴开始，东方则是从中国明朝开始到现在，短短500年间，一些大国的兴亡盛衰，也就是近现代一些国家的力量对比。

一些小国，诸如英国、荷兰、西班牙、葡萄牙，通过他们的航海探险，轻而易举地侵占了许多别国的土地；通过做生意，掠夺了别国的大量财富；通过发展科学技术，坚船利炮，打开了东方大国特别是中国、印度的大门，凡此等等。一些小国一下子变成伟大强国，英国自称为"日不落国"，即世界上没有一个白天太阳不照耀着英国的领土。

但是随着殖民地、半殖民地人民的觉醒，起来斗争，世界风云变幻，局势有了很大的改观。诚如书中所说："如果一个国家没有把它的大部分资源用于创造财富，而是用于军事目的，从长远来看，这很可能会导致该国国力的减弱。同样，如果一个国家的战略过分扩张（如侵占大片领土和进行代价高昂的战争），它就要冒一种风险，对外扩张得到的潜在好处很可能为它付出的巨大代价所取消。如果这个国家正处于相对经济衰退时期，这种困境将变得更加严重。"

时至今日，崛起的中华人民共和国、印度，经济发展非常之快。与之相比，一些强国的经济增长速度却比较慢。多极世界已经变为现实，昔日的一些一流强国已经成为二流三流国家。当前世界上的竞争愈演愈烈，贸易战伤害了正常的国际贸易，悲观主义的观察家谈论衰退，爱国的政治家号召复兴。

温故知新，鉴往开来。有的强国、大国，尝到了战后赢得的一点甜水，一意地称王称霸，寸利必得，寸利不让，只许我赢，不许你赢，大开所谓贸易战，商人当政，只知赚钱，不计后果，四面树敌，而不知世界人民已经觉醒，资本主义的一套谬论已成明日黄花，不再有人欣赏，而他还在那里孤芳自赏，如醉如痴，忘乎所以，可笑不自量。

肯尼迪在《大国的兴衰》一书中所讲的未必完全如实，但他的分析趋势却有独到之处。短短的500年，时间很长，但也不是太长，环顾世界发展变化，万象更新，它不以人的意志为转移，而是时代发展的必然趋势！

鬼谷子

鬼谷子
鬼谷子
你把人引进鬼门关
峡谷里
一去而不复返

什么"纵横捭阖"
其实就是搞阴谋诡计
"与阳言者依崇高
与阴言者依卑小"
就是对高贵的人说高贵的话
对低下的人说低劣的话
见什么人说什么话
毫无底气

什么"内楗"
就是见机行事
"或结以道德
或结以党友

或结以财货

或结以采色"

投其所好

你要什么就给你什么

只要能达到我的目的就行

什么"飞箝"

"飞"就是刺激、鼓励

"箝"就是钳制、控制

"飞箝"就是通过言辞

引诱对方

让对方吐露真情

然后你就抓住对方的弱点

挟持他、控制他

使他不得不听你的

还有所谓"揣""摩""权""谋"等等

都是些阴谋诡计

凭一张嘴

说得天花乱坠

无非就是自己

安身立命

推行一家之说而已

为人之道

终究要光明磊落

坦诚正直

不搞歪门邪道

钻营吹嘘

搞阳谋

不搞阴谋

鬼谷子推行自己这一套的结果并不好

就拿他的得意门生而言

孙膑、庞涓

同室操戈

庞涓阴谋陷害孙膑

使孙膑遭受皮肉之苦

苏秦、张仪

各事其主

合纵连横

反目相向

苏秦车裂而死

都是鬼谷子教导有方呀！

当今之世

人们的心计已经够多的了

人们希望走阳关道

而不是走独木桥

鬼谷子的学说之所以得不到普遍认同

大概就是这个原因吧

人性的弱点

美国当代作家戴尔·卡耐基写了《人性的弱点》一书，据称这是"人类出版史上继《圣经》之后的第二大畅销书"，不禁令人一读为快。

本书主要是从说理和举例两个方面来讲为人处世之道，是人们日常生活中经常遇到的事情，所以引人关注，其中不乏时下社会应对的"经典"之词，令人心动。

书中说：

"如要采蜜，不可弄翻蜂巢"

"莫与他人较劲"

"练就关照他人而不造作的功夫"

"不要把意见硬塞给别人"

"顾及对方的尊严"

"批评勿忘多鼓励"

"假如我是他"

"节俭意味着明智"

"工作是生活第一要义"

"没有工作的热诚，就没有生活的出路"

"夫妻间也要殷勤有理"

......

凡此等等，你不能说他说得不对，单看这几句话，也多少有点道理。

但是纵观全书，仔细做一点剖析，却令人有另一种滋味在心头。

太世俗了。书中所述完全是为了应付人。作者在"序言一"中就说："应付人恐怕是你所遇到的最大问题。"他写这本书就是告诉你如何应付人。

太商业化了。他在"序言一"中也明确指出："如果你是一位商人，更应如此。"书中所举实例也大多是商业交往、职工和老板方面的。美国是一个资本主义国家，是一个商业社会，作者写这样一本书，也是符合商业社会人们所需要的。

只是说了应对技巧，没有太多的真情实意。说得不好听一点，大多是虚与委蛇，故作姿态，讨人喜欢，不是造作也是虚伪。

在现代西方社会中，看来卡耐基所讲的这一套很吃香，但总觉得似乎少了一点什么。少了一点人类的真实性，多了一点浮泛的虚假性。

"人性的弱点"究竟在哪里，不知道卡耐基先生真的弄清楚没有？

一息尚存

人只要还有一口气
就是活着
没有气了
就是死了

一息尚存
就是说这个人还有一口气
还在这个世界上
还活着

一息尚存
是指人的一种精神
一种鼓舞
一种力量
一种信念
一种坚持
矢志不渝
直到生命的最后一刻

一息尚存
不是说只要还有一口气
就算活着
不是的
而是说一个人心态
必须清醒

不迷惑
不摇摆
不埋怨
不易初衷
一以贯之
方显得英雄本色

人死了不能复生
而精神是可以永垂不朽的

立本

《论语·学而》：
"君子务本，本立而道生。"
树没有根基就长不起来，
人没有根本就立不起来。
中国人总把根本和道义联系起来。

道义——道德理义，
是一杆标尺，
它是人的立身之本，
立国之基，
一个不讲道义的人必然遭到蔑视，
不讲道义的国家必然被人唾弃。

道义是一种教化、文明，
一个不讲道义的人是没有教化、不文明的人，
不讲道义的社会是没有教化、不文明的社会，
不讲道义的国家是没有教养、不文明的国家。

道义，看不见，摸不着，

它是衡量一个人的内心世界的，
它是一面最透亮的镜子，
它能穿透所有一切遮羞布。

道义是一个良智法庭，用良智来判断良智，
道义是终身制，
它对每一个人作最后的审判。

千方百计

千方百计
就是想尽一切办法把事情办好
医生想尽一切办法把患者的病治好
老师想尽一切办法把学生教好
工程师想尽一切办法把大楼建好
科学家想尽一切办法让卫星上天
政府想尽一切办法让人民过好日子
谈判代表想尽一切办法使谈判成功

所有的所有
一切的一切
都是为了把事情办成办好
这是人们共同的心愿

心之官则思
人们有了头脑就要思想
人的头脑越用越灵活
不用就要枯涩了

不怕做不到
只怕想不到
你连想都不敢想
还怎么能做到呢

千方百计和浅尝辄止
是办事成功与否的分野
多一点千方百计
少一点应付差事
什么事情都能办成办好

创新

中国人比较传统保守。例如说：安土重迁；一动不如一静；父母在，不远游，游必有方；等等。连搬个家都不愿意，外出旅游一下也不行。所以古时候有些政治家要搞改革，都改不起来，一碰到什么困难就收兵，还是老样子。

当今世界提倡创新，创新就是过去没有的现在要有，没有想过的现在要想，这就需要冒一点险。不冒险，四平八稳，不敢越雷池一步，是走不出这个牢笼的。党中央领导讲话中多次指示我们要创新，创新才能发展，才能开拓，不创新，原地踏步，什么也不会有。创新有着头等重要的意义。

亿万斯年

《诗经》上说："受天之祐，四方来贺。亿万斯年，不遐有佐。"形容时间的无限长久。

看来古人也认为时间很长，只是没有具体指出有多么长，但也提到了"亿、万"字样，可见人们也意识到时间已经有上亿万年了。

现当代科学家经过反复调研测算，提供了几个重要数据：

宇宙大概形成于 110 亿—150 亿年之前，

地球大概形成于 46 亿年之前，

人类大概产生于 250 万年之前。

这算有个具体的时间了，与我国古人说的亿万年，何其相似。

从宇宙产生，人类发展到现在，是一个极其漫长的演进过程，现在还在继续演变和发展中。

既有生，就有死，这是自然界发展的规律，世界将来有一天要消灭的。但是从它产生、发展的过程如此缓慢来看，它的终极毁灭也不是短时间的，也是一个漫长的过程，据日本东京大学和国家天文台等机构组成的研究团队分析，宇宙可以继续存在 1400 亿年以上，于此看来，现在人们来研究什么"世界末日"，似乎为时尚早。

我们有幸活在这个世界上，参与了世界的一切事务，是一个很大的机遇，也算是一种贡献吧。如果没有你、我、他，世界恐怕不一定能有今天，每个人虽然只是沧海一粟，却也不可没有。

我们活着，既不要妄自菲薄，认为自己无足轻重，有我无我都可以，因而无所事事，活着也像死了；也不要妄自尊大，胡作非为，好像非我不可，没有我地球就不转了。

好好地活着，抓住有限的生机，做那无限的事业，天知地知，你知我知，只要有人知道，也就足够了。

华盛顿的性格

读了美国史，书中讲到美国开国元勋华盛顿性格温和、朴实无华，对英国殖民者作坚决斗争，但并不娈恋权位，许多次推让，最终还是被推选为美国首任总统，受到全国人民的爱戴。

20世纪80年代，我一次因公去美，特别驱车到郊区的华盛顿故居参观。有一间华盛顿办公的地方，华盛顿雕像坐在办公桌前，身边有一个高高的蒲扇，脚底下有一个踏脚，当天气炎热的时候，华盛顿就踏着踏脚扇风。

一位好奇的观者问讲解员，华盛顿为什么不叫一个服务员来扇风，还要自己踏脚吹风呢？讲解员回答说：这不符合华盛顿的性格。华盛顿从不要求别人帮他做什么，他能自己做到的都自己做。这种解答，令观者无不对华盛顿感到一种敬重。

虽然这些事情并不是很大，但它却体现了人与人之间、领导人与一般工作人员之间的平等和尊重，而不是一种对领导人的特殊待遇。

把特殊变成一般，看似容易，但真要做到也并不容易。这并不是一件小事，而是领导作风问题。

无聊人说无聊话

一位大国的总统说："我和XX（一个小国领导人）的关系很好！"

既然关系很好，为什么还要对他制裁呢？

既然要对他制裁，两个人的关系怎么会好？难道他甘愿受到你的制裁吗？

反正耍嘴皮子不花钱，你爱怎么说怎么说，无聊人说无聊话，哄哄小孩子而已。

正是：

口若悬河

谎言无忌

想到哪儿

说到哪儿

今天说这

明天说那

颠三倒四

语无伦次

神经衰弱

心烦意乱

自命不凡

贻笑大方

天衣有缝

过去说："天衣无缝。"

现在说：不对了，天衣也有缝，不是现在大家都在钻天的空子吗？不是正想方设法要登上月球吗？

这是科技界的一种创新，

科学技术是物质生产力，

精神意志是精神生产力。

那么，人与人之间有没有缝呢？

人与人之间怎么没有缝？也有缝呀！

但是人与人之间的缝终究太窄，

不大好钻，

钻进去了，出不来，怎么办？

费尽心计，

钻人家的空子，

不必要，也不应该呀！

自己的路自己走，

钻人家的什么空子！

树大不怕招风

树大招风。
难道怕招风树就不长大了？
不，它照样长大。
人怕出名，
难道怕出名就不出名了？
他照样出名。
猪怕壮，
难道因为怕壮，猪就不壮了？
猪照样长肥。

坚挺的树不怕风吹，
有志气的人不怕出名挨批，
猪长肥了还能卖个好价钱。
所以树永远在长大，
人永远在出名，
猪永远在长肥。

优先·优秀

不做"优先"
而做"优秀"
我优秀
你也优秀
大家优秀
多好呀

如果只说"优先"
那为什么只能你优先
我就不能优先
就会造成矛盾啦

其实你也不可能事事都"优先"
例如体育运动
你能项项得冠军吗
不可能吧

你优秀
还帮助大家一起优秀

你的心胸扩大了

你就真的优秀，也优先了

珍贵

昙花因其一现而珍贵
山峦因其突兀而称奇
松柏因其不凋而凝重
人类因其智勇而永存

钉子精神

钉子精神
曾经被赞赏过
也曾经被贬低过
但世界上没有钉子
还真不成

重赏之下

有人说，重赏之下，必有勇夫。

其实不一定。有一则寓言故事，说是我赏你一顶皮帽子，不过你先要把头颅拿下来；我赏你一副金镯子，不过你先要把手断下来；我赏你一双皮鞋，不过你先要把脚剁下来。凡是这样的重赏，你愿意要吗？当然不要啦！没有了头还戴什么帽子，没有了手还戴什么手镯，没有了脚还穿什么皮鞋，再好的东西没有用，我不是怕死，而是你在哄我，并不是真的要给我什么。我宁愿不要你的重赏，我还可以活下去，重赏了我活不下去了。

其实，人们有时候不一定在于重赏，而在于重信：一是信仰，二是信任。共产党人就是为了一种信仰，不惜牺牲自己的生命而奋斗终生，前赴后继。士为知己者死，你信任我，使我得以施展自己的才干，不惜牺牲自己的一切。

看来重信要比重赏有效得多，因为重信的意义远比重赏要高得多。正如孔子说的：自古皆有死，民无信不立。

痛，并快乐着

在广告上看到一幅充满冲击力的摄影作品——芭蕾脚。这是美国著名摄影艺术家亨利·路特威勒的一幅作品。

画面上显示了两只脚：一只脚是穿了芭蕾舞的鞋子，脚尖高高踮起，跳着优美的舞蹈；而另一只脚，则是一双没有穿鞋子的脚，粗糙而丑陋。

画面的旁白有两行字：

"我们的人生，

痛，并快乐着。"

人们欣赏芭蕾舞，主要是欣赏舞者那双脚，伴着优美动听的舞曲，在舞台上不停地旋转，灵活自如，令多少世人着迷！但是恐怕鲜有人知道芭蕾舞演员背后的故事。一些演员为了学习芭蕾舞，磨破了多少脚皮，磨烂了多少脚趾，吃尽了多少苦头。有的人成功了，在舞台上受到万千观众的欢呼；但也有不少人不成功，半途而废，淌下了辛酸的眼泪。

但是没有这种痛苦的折磨，就没有芭蕾舞演员，没有绝妙的芭蕾舞演出，就没有演员内心的喜悦。"痛，并快乐着"，是这些演员留下的最好的人生哲语。

听说我国著名企业家华为的总裁任正非看到了这幅广告，非常震动，说这个形象正是华为发展进程的真实写照，华为就是从艰苦奋斗中过来的。他随即向路特威勒买下了这张照片的版权和使用权，作为华为永久艰苦奋斗的激励词。

其实不一定是华为的任正非，哪一个人哪一件事不是这样呢？

成功，可望而不可即，痛苦孕育着快乐。

不痛，就不会快乐；痛，才会有快乐。这是多么形象、生动、宽阔、敞亮的思想境地呀！让我们永远记着这句话。你想快乐吗？那就必先痛苦！

眼睛

白天
什么都看得很清楚
天黑了
什么都看不清了
人们说
眼睛是管看的
其实这句话也并不全对
它只能看白天，不能看黑天

于是
一些人就利用黑天干坏事
他以为人们看不见呀

也有人白天干坏事
他以为这是在黑天
做坏事的人总希望天是黑的
天昏地暗
他好干坏事
其实是他自己的眼睛出了毛病

他自己看不见

以为别人也看不见

一叶障目

小星突然想起了"一叶障目"的成语，就问爸爸。

小星不是直截了当地问什么叫"一叶障目"，而是转了一个弯，想考考爸爸。他说："爸爸，叶子有什么用呢？"

爸爸说："你这个问题太幼稚了，叶子有什么用，扫进垃圾堆就是了。"

小星说："不见得吧？叶子可以沤肥，是很好的肥料。"

爸爸说："这倒也是。"

小星说："一片叶子，夹在书里，你看到哪一页，就夹到哪一页，作为书签，让你查阅方便，而且叶子很美丽，能让你增加阅读的兴趣。"

爸爸说"是"，他不能说"不是"呀！

小星又说："红花绿叶，构成一幅美丽的图景，光是红花没有绿叶，你觉得好看吗？"

爸爸说："不好看，红花需要绿叶扶衬，才更美丽。"他又说："你知道这么多呀？"

小星说："这不算什么。光知道这一些是远远不够的。爸爸，你知道什么叫'一叶障目'吗？"

小星这时候才提出想要问的问题。

爸爸被孩子问得一头雾水，但他还是就词面上作了解释：

"'一叶障目'就是一片叶子挡住了你的眼睛，你就什么也看不见了。"

小星说："你知道这句话出自何处吗？"

爸爸一时语塞，说："我还真不知道。"

小星是大学中文系的学生，他倒是知道这句话的出处。他说："相传我国战国时期，楚国有一位隐士深居山中，他以鹖（音合，一种善斗的鸟）的羽毛为冠，人称鹖冠子。他在自己所著的《天则》一书中写道：'一叶障目，不见太山'八个字。"

"那为什么写这句话呢？"爸爸向儿子请教。

小星说："鹖冠子认为，世界这么浑浊，是人们被一片叶子蒙住了眼睛，所以什么也看不清楚了，倒不如我隐居山林，没有什么遮挡，自由自在。虽然只有八个字，但意义却很深远呀！"

爸爸连声称是。

小星说："叶子虽小，但一旦障人之目，人们就什么都看不清了，多么危险呀！爸爸，你觉得当今世界有多少人患了'一叶障目'的病吗？"

爸爸说："是的，是的，还真有不少人呢。"

父子俩在一片笑声中结束了这一讨论。

兔死狐悲是假

小玲问妈妈："狐狸那么狡猾，它就爱吃兔子，怎么有一句话叫'兔死狐悲'呢？难道狐狸见兔子死了也很悲伤吗？"

妈妈说："这句话本来的意思是指因同类死亡而感到悲伤。狐狸和兔子属同一类，所以狐狸见兔子死了深感自己的日子也不长了，很快也要死了，所以才悲伤。"

爸爸在旁边插了一句："这是一句贬义词。古书上曾经说：'李氏灭，夏氏宁独存？意思就是姓李的死了，姓夏的也保不住。"

果不其然，过了两天，狐狸在山坳里看见一只兔子，立即就把兔子逮住，吃了，哪里有什么悲伤呢？

牛头对马嘴

民国初期，有一位军阀大帅，一天晚上兴起，招来了一批艺人在家里开堂会，热闹非凡。他对两位相声演员说：你俩说一段关公战秦琼吧！

两位相声演员听了面面相觑。什么？这是哪儿的事？关公是三国时人，秦琼是隋唐时人，两个人怎么能在一起打仗，这是牛头不对马嘴啊？

两位演员嘀咕了半天，一个说，这演不了；一个说，不能不演呀，要是不演，咱俩今晚的头保不住啦。

两个人商量后决定演，眼下时空快速，隔空喊话，阴错阳差的事常有，关公怎么就不能和秦琼打一仗！

有了这个假想，他俩就迅速编起一个剧本，演了起来。

话说关公是山西人，秦琼是山东人，两个人是紧邻兄弟，世代友好，只是近时有些疏远，多时未见了，很想见一见。这一假想，一下子就把两个人拉近了。

一天，两个人正分别在自己帐下午休，方一闭眼，就见有一位导游，请他们出去旅游。两个人同时受邀请，随着导游一下子到了中岳嵩山。嵩山是一个旅游胜地，有许多寺庙，少林寺前有一大广场，就是专为寺内老师给徒弟传授武艺的地方。

关公和秦琼重逢，情投意合，一见如故，亲密无间，旁边围观的人都非常感动。但是关公和秦琼终究都是武生，两个人碰到了总想显点才艺，一是众人有这要求，再也是想各施技能，让人佩服！

于是两人心照不宣，由亲切和谈，一下子交起锋来。双方骑在马上，你一刀，我一枪，你进我退，我进你退，各不相让，大约打了二十来个回合，不到半个时辰。关公终究年纪大了，体力有点不支，眼看打不下去了，而秦琼毕竟年轻一些，还有点余勇。

正在此时，双方的士兵们突然鸣金收军，于是两位将军各自放下武器，卸鞍下马，握手言和。

大帅听了哈哈大笑，连声说：说得好，说得好！立即令人对两位演员各赏五十大洋。两个演员接银后连连叩头，匆忙离去。

关公战秦琼的相声本来是假的，却说得有声有色，这是相声演员的高超本事。

时至今日，世界上说假话的还少吗？一点没有少，而且还层出不穷，说的比唱的好听，满口荒唐言，一笔糊涂账，可笑也可怜。

关公战秦琼一类故事还是少说为佳，终究是牛头不对马嘴的事，不要让天下人耻笑。

回头是岸

佛经上说："苦海无边，回头是岸。"比喻罪恶虽然深重，但只要悔过自新，就还有出路。

近日看了电视剧《特赦1959》。讲的是全国解放前夕，解放军在各条战线上节节胜利，俘获了很多国民党的高级将领。新中国成立后，把他们集中在北京功德林战俘管理所，前前后后一共关了200多人，经过耐心教育，这些人终于彻底悔悟，改过自新。过了10年，中央命令开始陆续释放，让他们获得自由。

这些高级战犯罪大恶极，不知杀了多少共产党人，现在当了俘虏，杀他们几个以雪心中之恨，也不为过。但毛主席、周总理当时却提出了对这些战犯不审、不判、不关的政策，用学习教育来促使他们认识错误，改恶从善，这是多么宽阔的胸怀！《易经》上有一句话叫作："君子以赦过宥罪。"我们要这些罪犯的命很容易，而要改变这些人的心态则很不容易。只有放眼世界、胸怀广阔的人才能做得到。

中央的这个政策并不是每个管理人员都能理解的，那位管理所的副所长就说，对这些战犯这么宽大，我从感情上接受不了，我的很多亲人就是死在他们的屠刀下的，我的父母也是被他们杀死的，今天我们这样宽待他们，怎么能对得起死去的亲人，许多老百姓都不会同意呀！这是肺腑之言，言之在理，不能说不对。

但是战犯管理所的所长和政委对中央的政策却领会得比较深，坚决执行中央的政策不动摇。从这些战犯学习过程看，他们中很多人是真心实意想改过的，但也有些人不死心，还抱着幻想，例如在抗美援朝中他们认为中国一定打不过美国，说不定蒋介石有朝一日还能回来呢！但这些人的梦幻后来被抗美援朝的胜利完全戳破了。中国人站起来了，什么都不怕，强大的美国我们也敢碰，迫使他们不得不签订了不赢的城下之盟，引起了世界的巨大震动。这些犹豫的战犯这才逐渐清醒，丢掉幻想，死心塌地地洗心革面，彻底悔悟，重新做人啦！

中国古时候就有"赦过宥罪"之说，可见五千年前的中国文明已经达到了如此的高度。现在我们对古人的思想发扬光大，也就是古为今用。那些战犯们恐怕也真的尝到了"苦海无边，回头是岸"的滋味了吧！

国家建设蒸蒸日上，有些战犯说他们也应该出点力，为国家做一点贡献。

战犯管理所的所长问他们，那你们怎么做贡献呢？你们从哪些方面做贡献呢？想不到这些战犯们一个个表示我们有技能，能为国家做贡献。"有些什么技能？"所长问。杜聿明抢先说，我会搞缝纫剪裁。所长听了哑然失笑，一个总司令，怎么会搞缝纫裁剪呢？杜回答说：我夫人曹秀清当时是被服厂的厂长，我到被服厂去参观，为了鼓励工人们做好被服，我就亲自拿起剪刀，学起裁剪，还做得很不错呢！一位叫叶立三的战犯年轻时到德国去学习机械，懂得机械技术，前一段他还到一家灯泡厂去帮助制作灯泡，他说我可以在机械方面作些帮助。大特务康泽表示自己曾去莫斯科大学留学，俄文好，能帮助做一些翻译工作。宋希濂表示在兵工厂工作过，会修汽车。王耀武表示会做棉衣、缝棉被。黄维表示可以到厨房去拉风箱，帮厨。有的说会修机器，有的说会修表，有的说会装修房屋，有的说会书法、写标语什么的。看来这些战犯都各有所长，管理所人才济济呀！于是所长在请求上级后真的分配他们做力所能及的工作。

看了这个场面，不禁使人想起了这些战犯们，当他们是司令、军长、省长什么的时候，是如何地威风凛凛，不可一世，有的人养尊处优，什么也不会干，连自己刮胡子、挤牙膏也不会，要别人伺候，而现在呢？什么都会干了，什么都自己动手了，与自己的过去不可同日而语了，这都是学习、改造的结果。

时代能够改造人，时代能够教育人，时代能够让人变好，时代能够让人变坏。时代，真是一个了不起、令人不可思议的名词。每一个人都要在这个时代有所表现，但愿走正门，不要走错门，这是关系到人一生的大事。

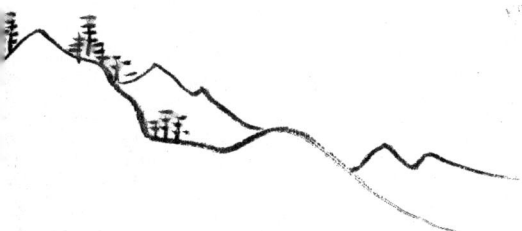

后　记

自白

——歌一首

天蒙蒙亮兮我起身
日出东方兮我学习
一息尚存兮我坚持

衣食无虞兮我随意
心气平和兮我宽舒
家人关照兮我感激

人生短暂兮我珍惜
无为有为兮我自知
来去匆匆兮我无憾

2019.4.23 凌晨